教育～銀狐は黒猫に夢中～

金坂理衣子

幻冬舎ルチル文庫

CONTENTS ✦目次✦

溺愛教育～銀狐は黒猫に夢中～

✦イラスト・サマミヤアカザ

✦カバーデザイン＝久保宏夏（omochi design）
✦ブックデザイン＝まるか工房

溺愛教育～銀狐は黒猫に夢中～

小さな黒猫は路地のすみっこに佇《たたず》み、大通りをじっと見つめていた。

黒猫の緑色の瞳に映るのは、広い通りを行き交う人々や、猛スピードで走り抜ける車——ありふれた風景だけれど、彼にとってはどれも初めて見る物ばかり。

黒猫の珠《たま》は、屋敷からほとんど出ることなく、ママや召使いに囲まれてのんびりと暮らしてきた。

こんなにめまぐるしい世界があったなんて、想像だにしないことだった。

『外の世界って、すごいんだねぇ』

『俺が案内できるのは、ここまでだ』

『十分だよ、ありがとう』

珠の後ろで申し訳なさげに俯《うつむ》く茶虎猫の寅二《とらじ》の鼻に、自分の鼻をちょこんとくっつけて感謝の意を表す。

『こっから先は、俺の縄張りじゃないし、何より車も人も多くて危ないんだよ』

本当に大丈夫？　と心配げに訊《たず》ねる寅二に、見慣れぬ世界に気圧《けお》されて内心はびくびくで心臓はばくばくな珠だったが不安を押し隠し、やってみると力強く頷《うなず》いた。

『珠さんに何かあったら、みんなが悲しむことになる。決して無理はしてくれるなよ』

『分かってる。他の猫に会ったら、低姿勢で挨拶《あいさつ》だけして素早く立ち去る。道を渡る際は、車が来ないか左右をしっかり見て渡ればいいんでしょう？』

『自転車やカラスにも気を付けないと！　人間に連れられてる犬も、吠《ほ》えかかってくるよ！』

この心配性な寅二は三毛猫のミケの息子で、珠は彼が生まれた時から見守ってきた。それどころか、彼の母親のミケですら子猫の時から知っている。

珠は、この近辺の猫の中では長老クラスの長生きで、ここいらの猫はみんな知っているし、みんなも珠を知っていて、挨拶をくれる。

それは珠が、自分の縄張りである大きな屋敷の広い庭への出入りを、みんなに許してきたから。日当たりのよい場所で一緒に昼寝をし、自分の食事を分け与えさえした。

だけどここから先では、誰も珠のことを知らないのだ。

頼れる者もなく、我が身ひとつで乗り越えなくてはならない。

元々小さかった珠の身体《からだ》は、長い時を経てさらに小さくなり、最近では一日のほとんどを寝て過ごすようになった。

そんな珠だったが、どうしても叶《かな》えたい夢ができた今、寝てなんぞはいられなかった。

『どうしても、たどり着かなくっちゃ——猫又様のいらっしゃる、動物園に！』

ここまで案内してくれた寅二に礼を述べ、長いしっぽをピンと立てた珠は、アスファルトの大地を肉球でしっかりと踏みしめて歩きだした。

目指す場所は、この中吉市《なかよし》にある『なかよし動物園』。

珠の棲《す》む屋敷からは、市街地を突っ切らないとたどり着けない場所にある。

目印となるのは、二つ並んだ高いビル。そこを目指して行けばいい。

『ビルの近くまで行けたら、あとは絶対に近付きたくないと思うような匂いのする方に進め……か。動物園って、どんなところなんだろう……』

人間と動物の関わりは古いが、動物園という場所が日本にできたのは、ほんの百年ほど前のこと。

昔々、人間は不審者を寄せ付けぬようにと犬を飼い、食料を食い荒らす鼠《ねずみ》を退治するために猫を飼うようになった。暮らしに余裕が出てくれば、可愛《かわい》いからと兎《うさぎ》や鼠なんぞも愛玩し始めた。

さらには、特に役に立つとも思われぬ南の国の大きな象や、寒い国の白熊も檻《おり》へ入れて飼いだした。なんでも、子供たちに本物の動物を見て、人間以外の生き物のことを学んでくれれば、と人間なりに動物たちのことを考えてのことだったようだ。

しかし遠方から連れてこられた動物の多くは、日本の気候や食べ物が合わぬと体調を崩すわ、心を病むわと大変だった。

そこで、人間たちは考えた。

昔から日本に棲んでいて、化け上手な狸《たぬき》や狐《きつね》、あるいは猫又に、異国の動物に化けてもらえはしないだろうか、と。

そうやって作り出された動物園では、兎や日本猿のように日本になじんでいて世話のしやすい動物以外はみんな、狐や狸や猫又が化けている。

そのことを知っている人間は、今となっては動物園や動物に関わる仕事をしている者たちくらい。

一般の人間たちは、何も知らず幸せに騙《だま》されている。

なにせ人間は、頭が硬くてたいそう鈍い生き物だから、目に映るものをそのまま信じ込み、疑うことすらしないので、それも仕方がないこと。

とはいえ、珠だってそんなことはついぞ知らなかった。

珠は真正の箱入り息子で、これまで屋敷の外へ出たいとも思わず生きてきた。

だけど屋敷に来る猫たちの話から、動物にも人間にも自在に化けられる『猫又』と呼ばれる猫の存在を知り、どうしても会いたくなった。

だから今日、生まれて初めて屋敷の塀の外へと出てきたのだ。

これまで静かな環境で暮らしてきた珠にとって、猥雑《わいざつ》な街中を人や車を気にしながら歩くことは、大変な困難だった。

猛スピードで走ってくる自転車に、ひどい匂いのする排気ガス、そして絶え間なく行き交う人、人、人。

人混みに酔った珠は、つい歩きやすそうな人通りの少ない方へと進んでしまった。

『どうしよう……ビルが見えなくなっちゃった……』

人通りがなくなったことでほっとして落ち着きを取り戻したが、すっかりビルの谷間の細い路地に迷い込んでいた。

『よぉ！　チビ助』

『フニャッ！』

気さくなようで悪意のこもった呼びかけに、立ちすくんでいた珠は飛び上がるほど驚いた。

声の方を振り返ると、古びた室外機の上から、白黒の八割れ猫がこちらを見下ろしている。

八割れ猫は、頭からしっぽの先まで舐《な》めるように視線を這《は》わせ、珠の赤い首輪に目をとめると忌々《いまいま》しげにカカカッと喉《のど》を鳴らす。

『どうした？　チビ助。ここいらは『飼われ』のうろつく場所じゃねぇぞ？』

『お、お邪魔しています！　あの……『かわれ』って、何ですか？』

その地の猫に出会ったら、挨拶だけしてさっさと逃げろと言われていたのに、知らない言葉に興味がわいて逃げそびれた。

敵意はないと伝えたくて、股の間にしっぽをはさみ、耳も倒して平身低頭に訊《たず》ねる。

『飼われってのはな、人間に媚《こ》びてぐうたらしてる、おまえみたいな腑《ふ》抜《ぬ》けのことさ！』

『た、大変勉強になりました！　では、失礼します！』

八割れ猫のぎらりと光る鋭い眼差《まなざ》しに震え上がった珠は、遅ればせながら一目散に逃げだした。

八割れ猫を振り切って無事に路地を抜けても、珠の苦難は終わったわけではなかった。

足早に歩く人々に踏まれないよう進むのは神経を使い、珠の気力と体力を奪っていく。

屋敷を出てから、どれほどの時間が経《た》ったのか。お日様は、もう西へと傾き始めている。

秋の日暮れは早い。急がなければと、気ばかり焦る。

休みなく歩き続けた脚は、関節の辺りが熱っぽくだるい。しっぽもすっかりだらりと垂れていた。喉もからからで水が飲みたいと思ったけれど、水など何処《どこ》にも見当たらない。

安全で居心地のいい屋敷に、戻りたい気持ちでいっぱいになる。

しかし、目的を果たさず帰るわけにはいかない。何不自由のない暮らしをくれた、優しいママのために――。

『行かなくちゃ。前へ進まないと』

くじけそうになる心を奮い立たせて顔を上げれば、茶色いビルの向こうに二つ並んだビルのてっぺんがちらりと見えた。

『よかった！　こっちで合ってたんだ』

なけなしの気力を振り絞り、鼻を空に向けて懸命に匂いを嗅《か》ぎながら歩きだす。

当てずっぽうに進むうち、嗅ぎなれない獣の匂いを感じた珠は、鼻をひくつかせてどんどん進む。

匂いの発生源に近付くにつれ、珠の胸は期待とは違い、不安で鼓動が早まってくる。

危ない。危険だ。近寄るな——漂う匂いは、そう珠の本能に告げる。圧倒的な強さを持った獣の匂いを感じ、恐怖にぶるっと身震いが起きて脚がくがくする。

だけど、それこそが目的地である証《あかし》。

立ちはだかる壁に挑むように、匂いに向かって懸命に歩き続けること数分。珠の目の前に、現実として高い壁が立ちはだかった。

『たぶん……ここが動物園、だよね？』

コンクリートの塀の向こうからは、濃厚な獣の匂いと聞いたこともない恐ろしげな咆哮《ほうこう》が漏《も》れている。

中に入りたくないけれど、入らなければ。

何処かに入り口があるはずと塀に沿って進むうちに、塀が途切れて鉄の門扉が現れ、そこから幾人もの人が出入りしていた。

今日は『平日』といって、大人は働き、子供は学校に行く日。だから動物園に行く人は少ないはず、とミケから聞かされていた。

確かにここは街中に比べれば人は少ないし、ベビーカーを押したり小さな子供と手をつなぎ、のんびりと歩く人たちばかり。

珠は門の横の看板の裏に身を隠し、人の通りが途絶えた時を見計らって素早く動物園への侵入を果たした。

入ってすぐに珠が目にしたのは、大きな鳥籠《とりかご》みたいな鉄柵《てっさく》。

その中には、大きな籠にふさわしい、立派なくちばしに首も脚もすらりと長いピンク色の鳥が、何羽も入っていた。

『わぁ！』

カラスより大きな鳥を初めて見た珠は、恐怖を感じて走ってその場を後にした。

その次に現れた柵の中では、白黒のしましま模様の動物が、先っぽだけふさふさのしっぽをのんびり揺らしている。

のどかな雰囲気につられ、珠の気持ちも少し落ち着いてきた。足を止め、ぐるりと辺りを見回す。

動物園の中には檻がたくさんあって、その中に動物がいる。まさに聞いていたとおりの光景だ。

ここの檻のどれかに、猫又様がいらっしゃる——そのはずなのだが、どの動物に化けているのか分からない。

猫の中でも、限られた者しかなることができないという猫又なら、きっとすごい動物に化けているに違いない。

人がたくさん集まっている檻を探そうと決め、珠はベンチの陰からゴミ箱の陰へと身を隠しつつ、園内の探索を始めた。

高い柵のそのまた上から顔を出す、首の長すぎる黄色い動物に、屋敷で見たどんなセーターよりもこもこした動物は、どれも珠にとっては『すごい動物』に見えた。

でも人間たちは、彼らを見ても殊更に興奮したり大喜びしている風ではない。

どれもぴんとくる動物に出会えないまま進んでいくと、ひときわ大きな人だかりができている場所があった。

近付くのは無理だと判断した珠は辺りを見回し、檻から少し離れた木に登ってみた。

上からなら、人垣を越えて檻の様子が窺《うかが》える。

その檻は、鉄柵で囲われた他の檻とは違い、アクリルガラス張りで中がよく見えるようになっていた。

『……あの動物は、何だろう？』

檻の中の動物は、とても猫が化けているとは思えないほど大きかった。

身体だけでなく、目も見たことないほど大きい――と思ったら、どうもそういう毛色なだけのようだ。耳と目と四肢が黒くて、胴体は白。

初めは、変わった配色の毛と大きな身体に驚いて目を奪われただけだった。

しかしその動物が、木からつるされたタイヤに前脚をかけてゆらゆらと揺らしだしたのを見て、ひっくり返りはしないかと心配で目が離せなくなった。

あんなに大きいのに、仕草は子猫みたいで、危うくって愛《いと》おしい気にさせる。

檻の周りの人間もそうなのか、写真を撮ったりじっと眺めたり、大人も子供も檻の前から動こうとしない。

『ああっ！』

心配したとおり、動物が後ろ向きにひっくり返ると、珠は思わず声が出て前のめりになった。人間たちも、わあっと大きな声をあげる。

大丈夫かと駆け寄りたい衝動を何とか抑えて見守れば、珠の心配など知らぬ動物は、そのままころころと地面を左右に転がる。

それがまるで失敗の照れ隠しみたいに可愛くて、口元がほころぶ。

『いけない！　そんな場合じゃなかった』

思わず和んでしまっていた珠だが、頭を振って気を引き締める。

もっと近づいて、あの動物が猫又かどうかを確かめなくては。

何とか人垣を抜けて近づけないか、珠は檻の周りも探ってみることにした。

猫は基本、木登りは好きだが降りるのは苦手だ。珠も御多分に洩れずで、木に爪を引っかけながら、へっぴり腰でなんとか地面に降りたった。

「あ、ニャンコ！　見てぇ、ママ。ニャンコがいるーっ！」

「え？　動物園に猫なんて……あら、ホント」

赤い帽子を被《かぶ》った三歳くらいの女の子が、母親の手を振り払い珠に向かって走ってきた。

力の加減が効かない子供は危険――そうみんなから聞かされていた珠は、今度は躊躇《ちゅうちょ》なく逃げだして植え込みの下へと身を隠す。

追いかけてきた女の子は、地面に膝をついて植え込みをのぞき込み、小さな手を珠に向かって懸命に伸ばしてくる。

「ニャンちゃん、おいでー」

「ユウちゃん！　やめなさい。服が汚れるでしょ！」

「やぁだーっ！　ニャンコォー！」

差し伸べられる柔らかそうな小さな手に、抱っこされてみたくなった。だが、母親に抱き起こされた女の子は癇癪《かんしゃく》を起こして泣き叫ぶ。

その声は、鼓膜にびりびり響いて身体がすくむほどだった。

『す、すごい声……怖いっ』

女の子が母親に引きずられるように行ってしまっても、怖《お》じ気《け》づいた珠は用心のため、しばらくそこに隠れていることにした。

狭くて薄暗い場所は、心が安らぐ。腰を下ろすと疲れがどっと出たようで、身体が石になったみたいに動かない。

『少しだけ……休もう……ほんの、ちょっとだけ……』

目をつぶる気はなくても、まぶたが重くて持ち上げていられない。珠はほんの少しのつもりで、目を閉じた。


そっと両脇に手をあてがわれ、抱っこされる。

ふわん、と身体が持ち上がる感覚は、自分で飛び上がるときとは違う浮遊感がある。だから珠は抱っこが大好きなのだ。

抱き上げてくれた人の胸にすり寄ろうとして、珠はぱっちりと目を見開いた。

ここは何処で、自分がどんな状況におかれていたのか、一瞬頭が回らなかった。でもすぐに、自分は動物園の植え込みの中で休んでいたはずと思い出す。

ほんの一休みのつもりがぐっすり寝込んで、誰かに捕まったらしい。

目の前のがっしりとした胸板に硬い腕は、若い男性のものだ。

「隠れていても、可愛いしっぽが見えてたよ」

だらしなくしっぽを伸ばして眠りこけていたので、植え込みからしっぽがはみ出して見付かってしまったようだ。

突然の出来事に、対処方法が浮かばない。マヌケすぎる自分の失態にただ固まる珠に向かって、くすくすと笑う青年の声から害意は感じ取れない。

だけどこのままでは、猫又様にも会えずにここからつまみ出されてしまう。

『に、逃げなきゃ！　放して！　放してくだ……さ、い……』

青年の腕から逃げだそうとした珠だったが、相手の顔を見て、ぱたくたと空を掻《か》いていた脚が止まる。

――なんて美しい人だろう。

見つめられれば、見つめ返さずにはいられない優しい黒い瞳。すっきりした鼻筋に微笑《ほほえ》みをたたえた唇は、計算され尽くしたようにバランスよく配されている。漆黒の髪は月のない夜を思わせる美しさで、思わずぼうっとなってしまう。

水色のシャツに白いジャケットを羽織っただけなのに、気品すら感じるたたずまい。二十代半ばほどに見えるが、まとう雰囲気は老成していて実際の年齢が摑《つか》みにくい。

惚《ほう》けた顔で見とれる珠に、青年は整った眉を顰《ひそ》めた。

「ずいぶんと疲れているみたいだね。喉が渇いているのかな？」

言いながら、ちょうど近くにあった水飲み場へ行った青年は、右手で蛇口の水を受けて珠の口元へ運ぶ。

すごく喉が渇いていたけど、知らない人の手から水を飲んだことなどない。

「飲みなさい」

珠の戸惑いを見透かしたみたいに優しい声で促され、珠はおそるおそる水に舌をつけた。いったん飲みだしたら、止まらない。あっという間に手のひらの水を飲み干せば、青年は珠の身体を降ろし、蛇口からちょろちょろと出した水を両手で受けて飲ませてくれた。

冷たい水は、疲れてからからになった心にまで染み渡るようで、気持ちが落ち着いてくる。十分に喉を潤し、人心地付いた珠が濡《ぬ》れた口元を毛繕いしていると、青年は珠の背中からしっぽの先までするりと手を滑らせた。

「怪我《けが》はないようだけど……意地悪な猫かカラスにでも追いかけられたの？」

高い塀がある上に、得体の知れない獣の匂いが漂う動物園に、好きこのんで入り込む猫はいないのだろう。迷ったか、何かに追われて逃げ込んだと思われても仕方がない。

しかし珠は、自分の意志でここへ来た。

そんな珠の事情を知らない彼は、珠を抱き上げておそらくは出口へ向かって歩きだす。

「外へ連れていってあげるから、心配いらないよ」

『いいえ、僕はここに来たかったんです！　後生だから、追い出さないでください！』

必死に訴えても、彼の耳にはニャアニャアとしか聞こえないのだ。外へ連れ出される前に彼の腕から逃げようとしたが、彼はもがく珠の額《ひたい》をそっと撫《な》でて語りかけてくる。

「ごめんね。私は猫語が分からないんだ」

ひどく申し訳なさそうに言われて、こちらが恐縮して丸まってしまう。

「怖がらせてしまったかな？　うーん……仕方ない……」

青年が珠を抱いたまま片手で自分のズボンの後ろをごそごそいじると、珠の目の前に突然ふかふかで銀色の特大猫じゃらしが現れた。

何故《なぜ》、どこから、どうして猫じゃらしが？　と疑問に思う間もなく、反射的に珠の身体はゆらゆら揺れる猫じゃらしに猫パンチを繰り出していた。

『ンニャ？　ん……温かい？』

ぱふっと両手で猫じゃらしに抱きつけば、芯らしき部分は珠をからかうみたいにくねくね動く上に、とても温かい。

まるで太くて立派なしっぽのよう。——そんな馬鹿《ばか》なことを考えながら猫じゃらしの根元はどこかと目線をやると、青年のズボンの後ろへと続いている。

本当にしっぽのようだ、といぶかって青年の顔を見上げた珠は、全身の毛がぶわっと一気に逆立つほど驚いた。

『み、耳が！　耳も、ふっさふさっ？』

さっきまで普通に顔の横にあった青年の耳は、ふさふさの黒い毛をまとって頭の上に移動していた。

黒かった髪は銀色に、目の色も黒からお日様みたいな金色へと変わっている。

珠の前でゆらゆら揺れるこのしっぽのような物も、本当にしっぽなのだ。

目をまん丸にして見つめる珠に、青年は驚かせてごめんね、と優しく謝ってから自己紹介をしてきた。

「私の名は白銀《しろがね》といって、ここで働いています。君をいじめたりはしませんから、怖がらないで」

猫が人間の言葉を理解していると、知っているかのように丁寧に挨拶をされて面食らう。

『ま、まさか、この方が猫又様?』

ぎゅっと抱きしめていたもふもふのしっぽをかき分けて確認してみても、二本に割れてはいなかった。

『猫又様じゃない……猫又様じゃなくっても、こんなに完璧に人間に化けられるんだ。世の中には、なんてすごい獣がいるんだろう……』

感心しきりでしっぽをくねらせると、白銀はそのしっぽをするんと撫でた。

「素敵なしっぽの黒猫さん。心配しなくても大丈夫だよ。猫語が分かる者のところへ、連れていってあげるから」

猫の言葉が分かる人がいるなら、猫又様についても訊《き》けるはず。いや、もしかしたら、その方こそ猫又様かもしれない――。

そう期待して、珠は心地のいい彼の腕に身を任せた。

夕暮れのオレンジ色に染まる動物園の中には、ぽつりぽつりといくつかの黒い人型の影がうごめくばかり。動物たちも奥の寝床へ引っ込んでしまったのか、檻の中も空っぽだ。

眠る前に見ていた世界と、同じはずなのにどこか違って感じる。

こういう時間を『逢魔《おうま》が時《とき》』と言うんだと、飼い主であるママから聞いたことがある。

不思議な空気を感じたけれど、怖くはない。

きっと、この黄昏《たそがれ》の空と同じ色の目を持つ彼と一緒だからだろうと見上げれば、もう少しだからねと微笑んでくれる。

白銀が珠を連れてきたのは、他の檻とは少し違う、地上と地下の二層作りになっている展示スペースの前だった。

地上部分は、緩やかな起伏のある白い岩場と水場に分かれている。

その檻の裏に回り込むと、簡素なコンクリート造りの建物があった。

白銀は鉄製の扉のノブを握り、かすかに目を細める。

どういう仕組みかそれで鍵が解除されたようで、カチンと小さな金属音がして扉が開いた。

中に入って突き当たりの扉まで進むと、今度はノックしてから扉を開けて中をのぞき込む。

「レイ。よかった、まだいたね」

グレーのロッカーの前に立つ、レイと呼ばれた金色がかった茶色い短髪の人間は、白銀とタイプは違うが、これまた美しい青年だった。

その場の空気さえ緊迫させるような鋭い眼光を放つ切れ長の目で、レイはいかにもめんどくさそうに白銀の方を見た。

「勝手に入ってくんじゃねぇよ。もう帰るとこだ」

細身の身体に、Vネックの黒シャツとスリムパンツとシンプルな出で立《いた》ちなのに、圧倒的な存在感がある。

あまりの目力に珠はすくみ上がったが、白銀は穏やかな笑みを崩さない。

レイは白銀の腕に抱かれた珠に気付くと、癖のある髪同様に一癖も二癖もありそうな笑みを口元に浮かべた。

「珍しくしっぽなんぞ出して何事かと思えば、毛玉を抱えてどうしたよ？」

「どうも訳ありのようなんだけど、言葉が分からなくって」

「訳ありって——うん？　こいつは……」

近付いてきたレイは、珠の首根っこを摑んで、白銀からひったくるように奪い取った。

『あ、あの……？』

宙にぶら下げた珠の鼻先へ顔を近づけ、無造作にクンクンと匂いを嗅ぐ。

人間らしからぬレイの態度に、奇妙な安心感を覚える。まるで知らない人なのだけれど、仲間に会ったときみたいに警戒心が解けて、されるがままになってしまう。

「……この姿じゃあ、どうにも鼻が効かねぇな」

鼻にしわを寄せる表情さえも絵になる野性的な美しさに見とれていると、レイは奪い取った時と同じくらいぞんざいに、珠をぽいっと白銀に投げ渡す。

「危ないな」

そう言いながらも、危なげなく珠をキャッチして非難の目を向ける白銀を無視し、レイはため息をひとつ零《こぼ》す。

「せっかく服を着たのに、面倒だねぇ……」

言うなり、レイの髪はふわっと逆立ち、黒い瞳は金と青に輝きだす。ぐっと身体を抱きしめるようにしたかと思うと、その身体は見る間に縮んでいく。

唖然《あぜん》としている珠の目の前で、レイはぐんぐん縮み、それまで彼が着ていた黒いシャツの中へと消えた。

そうして、服の山からぷるりと身を震わせて姿を現したのは、金と青の色違いの目を持つ、新雪のように真っ白な短毛の美しい猫だった。

あまりにも衝撃的な光景にただ目を丸くしていた珠だったが、レイのしっぽを見て全身の毛を逆立てた。

レイは、ふっさりとした二本のしっぽを備えていたからだ。

先端部分が軽くカーブしたしっぽは完璧に独立していて、それぞれ別にくねくねと揺れる。

『ね、猫又様！』

猫又は、しっぽが二つに分かれている——噂《うわさ》で聞いたとおりの姿。

おまけに、人間に化けていた。これこそ自分が探し求めた猫又様だ。

珠は白銀の腕からぴょんと飛び降りる。その際、珠の行動を予知したのか、白銀は腰をかがめて珠が降りやすいようにしてくれた。

そんな厚意に感謝する余裕もなく、珠はレイの元へ駆け寄る。

『猫又様、猫又様！　お会いしたかったーっ！』

「落ち着け。若造——てぇ年でもなさそうだが、俺からすりゃあひよっこなんでね」

猫の姿になっても、レイの口からは人間の言葉が発せられる。

なんてすごいことなんだろう。興奮に身震いした珠は、レイから額に猫パンチを食らったが、落ち着くなんてとても無理だ。

繰り出されたレイの前脚を、肉球でぺったりと握りしめる。

『僕は、猫又様を探していたんです！　猫又になれる方法を教えて頂きたくって、ここまで来ました！』

「そこだけどさ。おまえ、年は幾つだ？」

『年齢ですか？　ママ——飼い主様によると、十九歳のようです』

誕生日のお祝いを十九回してもらったと聞いたレイは、なるほどと合点がいった様子で頷いた。

「やっぱりな。おまえも、もうちょっとで猫又になれるさ」

『ええ！　本当ですか？　僕が猫又になれるって、どういうことでしょう？』

「二十歳の誕生日を迎えれば、猫は猫又になれるもんなんだ。だけどそのためにゃ、気力体力共に充実してなきゃ変化を乗り越えられねぇ。猫又になり損ねた猫は、ただの猫として天命までのわずかな日々を、無為に過ごすことになるのさ」

　昔なら、十九歳になった猫はみんな、猫又になるべく山へ籠《こ》もって修行をした。

　だが昨今では、ご主人様と離れたくないとか、わざわざ修行してまでなりたくないと、猫又を目指す猫はすっかり減ってしまったという。

　そうして猫又は姿を消していき、珠のように自分が猫又になれることすら気付かない猫が増えてきたそうだ。

「志の低い腑抜けばかりで、嫌んなるよ。そこへいくと、おまえはなかなか見所がある」

　鋭い双眸《そうぼう》をすうっと細めて笑うレイに、珠も嬉《うれ》しくなる。

「君は猫又になりたくて、レイを頼って来たんだね」

　珠の猫語が分からなくてずっと蚊帳《かや》の外に置かれていた白銀も、レイの話からある程度の事情を察したのか、腰をかがめて珠たちの会話に参加してきた。

「猫又志願たぁ嬉しいが、どうかねぇ」

　レイは疑わしげな眼差しを向け、珠に自分の身体をすり寄せた。

白猫と黒猫、対照的な二匹が解け合うくらいになめらかに密着する。

普通なら親愛の挨拶だが、どうも様子が違う。ひとしきり珠の身体に頭をすりつけたり鼻でつついたりしてから、レイは深いため息を吐《つ》いた。

『あの？』

「年の割にゃあ毛並みはいいし、歯もそろってる。爪研ぎもサボってねぇみたいだな」

——年の割には若々しい。珠は他の猫からも人間からも、よくそう言われた。

これは遺伝的なものもあるだろうが、飼い主のママの尽力の賜《たまもの》でもある。

ママは毎日のブラッシングに歯磨きに一月ごとの定期検診、と珠の健康管理に常に気を配っていた。

おかげで珠は、昔と比べれば少々物が見えにくくなったのと、タンスの上などの高いところに飛び乗ることはできなくなった程度で、まだまだ元気だった。

しかしレイは、珠に厳しい眼差しを向ける。

「だが、これっぱかしの筋力じゃ話にならねぇ。まずはもっと飯を食わなくちゃな」

『最近は食欲が落ちまして……わっ！』

「うん。この子はとっても軽いよね。二キロ程度しかないんじゃないかな？」

レイから引きはがすように珠を抱き上げた白銀を、レイは牙《きば》を剥《む》いて威嚇《いかく》した。

「話の邪魔をするんじゃねぇよ。てめぇはすっこんでろ！」

「そうはいかないね。この子は私が君に引き合わせたんだ。見守る義務がある」

「狐公ごときが気安いんだよ！」

『きつこう……あの、『きつこう』って何ですか？』

彼の名前は白銀のはず。聞き慣れない呼び名に首をかしげる珠に、レイは腹立たしげに二本のしっぽでぴしぴしと地面を叩《たた》く。

「狐野郎って意味さ。こいつの正体は、狐なのさ」

『きつね！……『きつね』って、どんな動物なんですか？』

「狐も見たことねえのかよ。……まあ、街育ちじゃあ、それも仕方ないか」

人に化けられるなんて、猫又と同じくらいにすごい方だろうと想像したが、レイは一緒にするなといきり立つ。

『狐ってのはな、うんと悪賢くって質《たち》のよくない獣なのさ。大きな口で、おまえみたいなチビなら一飲みでごっくんだ。うかつに近寄るんじゃないぞ』

「今、何か悪口を言ったね」

猫語になったレイに、自分には分からないよう悪口を言ったんだろうと感づいた白銀は、疑わしげな眼差しを送る。

そんな眉根を寄せる表情まで美しい白銀が、珠を一飲みにしてしまえるほど怖い獣とはとても思えない。

元の姿はどんななんだろうと腕の中から顔を見上げれば、珠と目が合った白銀は優しく微笑んでくれた。

「ところで、君の名前はなんて言うの？」

『申し遅れまして、大変失礼いたしました！　珠と申します』

「珠だとよ」

探し求めた猫又と、引き合わせてくれた恩人に、名乗りも上げていなかった非礼をわびて名乗ると、不承不承といった感じでだが、レイが通訳してくれた。

「珠ちゃん。可愛い名前だね。改めて、よろしくね」

こんなにきれいな人に優しい声で名前を呼ばれて背中を撫でられると、鼓動が跳ね上がってくらくらする。

だけど、白銀の方が珠よりもっとうっとりと目を細め、珠の顔に頬《ほお》ずりした。

「珠ちゃん……なんて柔らかな毛並みに、滑《すべ》らかなしっぽなんだ」

「いつまでも遊んでんじゃねぇぞ！　このしっぽフェチ野郎が！」

言うなり、レイは白銀の足首にがぶりと嚙《か》み付いた。

『しっぽフェチ』とは何だろうと訊ねたかったが、レイの勢いが怖かったので聞きそびれてしまう。

「痛いなぁ、もう」

「さっさとそいつを寄越《よこ》しやがれ」

顔をしかめつつもどこか楽しげな白銀は、名残惜しそうに珠を一撫でしてから、レイの目の前に降ろした。

『猫又様。僕でも猫又になれれば、人間に化けられますよね？』

「もちろん。試しに、ちょいとどんなものだか化けてみるかい？」

『化けるって……僕にはそんなすごいことはできません』

「狐や狸は、自分自身が化けることはできても、他人の姿までは変えられない。だが、猫又様にゃあ朝飯前だ」

狐狸《こり》より妖力の高い猫又は、他の動物を人間に化けさせることもできるという。

人間になったら、どんな感じなのか知りたい。ぜひにとお願いする珠の周りを、レイはくるりと回り、正面で立ち止まって珠の目をじっと見つめる。

金と青の目がらんらんと輝いたかと思うと、その輝きが身体の中に入り込んできたみたいに内側から熱くなってくる。

『んんっ！』

思わずしっぽを引き寄せ丸まったつもりが、自分の意志とは裏腹に身体がどんどん引き伸ばされるみたいに感じる。怖くなった珠は、ただ目をつぶってじっとしているしかなかった。

「目を開けてみろよ。つーか、息も止めてなくていいから、ゆっくり息をしろ」

楽しげなレイの声に、緊張して身を強《こわ》ばらせていた珠は、大きく息を吐く。ぎゅっとつぶっていた目を開けば、目線がやけに高く、レイを見下ろしていた。

慌てて自分の身体を見回すと、身体から黒い毛は消えて白い肌が露出し、手足はまっすぐに伸びている。

「わあ……人間みたい……」

思わず漏れた言葉も、人間のものになっている。

驚くことばかりで目をぱちくりさせている珠を見て、レイは戸惑い気味に首をかしげる。

「……元の姿から推察して変化させたつもりなんだが……美化しすぎたか」

「すごいね、珠ちゃん。とってもきれいだ」

「きれい……ですか？　白銀様よりずいぶんと小さいですよ？」

「ああ……声まで可愛いんだね」

白銀はゆったりとしっぽを振り、まぶしげに目を細めて微笑んでいるが、きれいだなんて信じがたい。

白銀より頭ひとつ分は低い小柄な身体と細い腕に、がっかりしてしまう。

けれど白銀は、嘘《うそ》じゃないと珠の髪を梳《す》くように頭を撫でる。

「本当にきれいだよ。自分で見てみるといい」

笑顔の白銀に肩を抱かれ、二本足で歩く自分に戸惑いながら、ロッカーの隅にある手洗い場の小さな鏡の前に立つ。

鏡に映るのは、十代後半ほどの色白で黒髪の青年。

基本的には、人間に化けたときは裸だそうだが、レイは服もサービスしてくれた。黒のシャツに黒のズボンは猫のときのイメージで着せてみたという。

これが自分とはまるで実感できなかったが、鏡に向かって手を伸ばせば、鏡に映る青年も珠に向かって手を伸ばしてくる。

小さいが整った鼻とピンク色の唇に、豊かなまつげに縁取られた黒い目。その目を、驚きに大きく見開いている。

頼りなげな風貌だが、きれいといわれればそうかもしれない。

「これが……僕、ですか？」

「まあ、大体、こんな感じになるって予想で、確実にそうなるってわけじゃないからな」

珠の足元でくねくねとしっぽの先を揺らすレイに念を押される。どうも、あまり再現性に自信がないようだ。

しかし、自分が本当にこんな風に二本足で立って人間の言葉が話せるようになったら、どんなに素敵だろうと夢が膨らむ。

この姿をママにも見てもらいたかったが、術は体力のない相手には長くかけていない方がいいそうだ。レイがさっきと逆回りに珠の周りを回ると、珠の身体からキラキラしたものが上に向かって吹き出して、珠はどんどん縮み、もとの小さな黒猫へと戻ってしまった。

『……もう少し、あの姿でいたかったなぁ……』

「猫又になれりゃあ、いつでも化けられるようになる。それを励みにがんばりな」

『はい！』

レイからの激励に大きく頷き決意を新たにした珠だったが、ふと目をやった窓の外がとっぷりと暮れているのを見て、ざぁっと頭から血の気が引いていくのを感じた。

『もう戻らないと！　きっとママが心配しています』

「ちっとくらい遅くなったからって大げさだな」

『僕、屋敷の外へ出たのは初めてなんです！　早く帰らないとママが心配します！』

「屋敷って、おまえ、どこに棲んでんだ？」

市街地をはさんだ反対側で、大きな屋敷が建ち並ぶ場所だと特徴を伝えると、大体の場所の察しがついたようだ。

「結構遠いな。おい、白銀。車で家まで送ってやれ」

「分かった。キーを取ってくるから、先に駐車場へ行ってて」

役に立てて嬉しいだろうと嫌味っぽくにやつくレイに、白銀は気を悪くすることもなく了承したが、珠の方は恐縮して頭を振る。

『そんな！　そんなご面倒をおかけするわけには――』

「早く帰りたいんだろ？　ぐずぐずすんな！」

遠慮する珠に耳も貸さず、白銀は車のキーを取りに行ってしまい、レイはさっさと歩きだすので、珠はその後を追うしかなかった。

関係者用らしき小さな扉から塀の外の駐車場へ出て待っていると、動物園に隣接する五階建ての建物から白銀が出てくるのが見えた。

『あの建物が、白銀様のお住まいですか？』

「ああ。ここで働いてる動物は、ほとんどがあそこで暮らしてる。飼育員の人間も、何人かいるな」

「お待たせ。さあ、どうぞ」

戻ってきた白銀からは耳もしっぽも消え失《う》せて、すっかり人間の姿になっていた。

小走りで珠たちの待つ黒い車の前へやってくると、結構な距離を走ったのに息も切らさず、素早くドアを開いて珠を助手席へと誘う。

『それでは、お世話になります』

ありがたく助手席に乗り込むと、当然のようにレイも乗り込んできた。

「本気で猫又になりてぇんなら、明日っからここへ通いな。俺様が直々に特訓してやる！」

『本当ですか？　ありがとうございます！』

帰るまでの道すがら、レイはさくさくと今後のことを決めていく。

動物園の営業時間は、朝九時から夕方五時まで。その後なら相手をしてやれるからと提案された。

『夕飯の時間が六時なので、それからでもいいですか?』

「そうだな。抜け出してるのに気付かれて、出られなくされちまっても面倒だ。それに、飯を食うのも大事なことだからな」

珠の食事は、朝昼晩の三回。元々食が細かった上に、最近はあまり食べなくなった珠を心配したママは、珠を撫でたり話しかけたりして食べるようにと促してくれる。だから、食事の時間には必ず家にいなければならない。

「猫又になるにゃあ、飯を食って運動して勉強もして、体力知力共に良好な状態にしなくちゃならないんだ。大変だぞ」

『それでも、がんばりますから。どうか僕にお力を貸してください』

「じゃあ、おまえはこれから俺の弟子ってことで、俺のことは師匠と呼べ」

『はい! 師匠様。よろしくお願いいたします!』

「レイに師事するなんて大変そうだけど、がんばってね。私も協力するから」

断片的にだが話を聞き取った白銀が、信号待ちの隙に珠の頭を撫でてくれる。その手を、レイが鋭い猫パンチで払いのける。

「はあ? 何でてめぇが出しゃばってくんだよ」

「君一人じゃ大変だろう？」

「これは猫の問題だ！　狐公が首を突っ込むんじゃねぇ」

「君のためじゃない。珠ちゃんのために協力したいんだ」

どうかな？　と眼差しを向けられた珠は、白銀の膝《ひざ》に乗り、彼の厚意に感謝を示すべく胸に頭をすりつけながら喉を鳴らした。

「た、珠ちゃん、嬉しいけど、運転中はやめてくれるかな？　幸せすぎてハンドル操作を誤りそうだから」

珠は今まで、車に乗るときはキャリーバッグの中で、自由に動き回れる状態ではなかったので知らなかったが、どうも運転中の人にじゃれるのはいけないことらしい。

——世の中には、知らないことがなんてたくさんあるんだろう。

これから学ばなければならないことの多さを知って、珠は改めて身が引き締まる思いがした。

屋敷の近くまで来れば、道は分かる。もうこの辺りでいいと言ったが、白銀は屋敷の前まで送ってくれた。

「本当に大きなお屋敷だね。珠ちゃんのご主人様は、花園《はなぞの》さんというんだ」

そびえ立つ煉瓦《れんが》造りの門柱にかかった表札を見上げる白銀を尻目に、車から飛び降りたレイはすたすたと歩きだす。

「レイ？　どこへ行くんだい？」

「ちょいと環境整備さ。道すがらの猫に、俺の舎弟をよろしく頼むと挨拶しといてやるから、安心して通いな」

猫又志願の弟子ができたのが、よほど嬉しかったのだろう。レイはここから動物園まで歩いて、珠の通行の邪魔をしてきそうな猫に、話をつけてくれる気らしい。

『何から何まで、本当にお世話になります！』

地面に頭をこすりつける勢いで頭を下げる珠に、レイは久しぶりにいい憂さ晴らしができそうだ、としっぽをくねらせ上機嫌で宵闇の中に消えていった。

『白銀様も、送ってくださってありがとうございました』

「うーん、レイがいないと言葉が通じないって不便だね。じゃあ、また明日ね、珠ちゃん」

『はい！　また明日。動物園でお会いしましょう』

言葉は通じないけれど、精一杯の思いを込めて白銀の足にすり寄りしっぽを絡ませると、気持ちは通じたようだ。愛《いと》しげに、またするんと背中からしっぽまで撫でられて、心地よさにウニャンと声が出てしまう。

白銀の優しい手に、もっと撫でていてもらいたかったが、そんな場合ではなかった。早く帰らないと、ママが心配しているはず。

見送ってくれる白銀に後ろ髪を引かれながら、珠は鉄柵の隙間をくぐって敷地内へ戻った。

「珠！　どこへ行っていたんだ」

『あ、草壁《くさかべ》さん』

玄関へたどり着く前に、前庭の花壇でスーツ姿の男性に見付かり抱き上げられた。

草壁司《つかさ》は、花園家の顧問弁護士だ。

まだ二十八歳だが、以前に顧問を務めていた彼の父親が病気で外出が難しくなったため、三ヵ月ほど前に後を継いだ。

しかし父親の補佐として学生時代から花園家に出入りしていたので、珠が彼と顔を合わせる機会は多かった。

黒縁メガネにいつもきっちりと髪をなでつけ、できる弁護士の見本のように隙を見せない生真面目《きまじめ》な人で、珠がすり寄っても邪険にはしないが撫でてもくれない。

動物が苦手なのだろうと思っていたのに、珠を抱き上げた草壁は、ほっと息をついて安堵《あんど》の表情を浮かべる。

「君を探して、屋敷中が大騒ぎになっているんだよ」

ママと仕事の話をしに来たが、珠がいないと騒ぐメイドたちに気付いて、帰らずに探してくれていたらしい。

申し訳なさに身の縮む思いで、珠はしょぼりと俯《うつむ》いて顔を上げられなくなってしまう。

そのまま草壁に抱っこされて屋敷へ戻ると、古参のメイドの谷川《たにかわ》さんが駆け寄ってきた。

「まあ、珠！　何処で遊んでたの？　見付かってよかったわー」

谷川は、別のメイドへ珠が見付かったとみんなに知らせるよう指示を出す。

急いで戻ったが、時刻はもう八時近かった。

花園家は二階建ての洋館で、屋敷だけで二百坪。さらに前庭が二百坪と、ほとんど整備されていない裏庭が百坪もある。

そこで一匹の黒猫を日が暮れてから探すのは大変だっただろう。ひたすら恐縮するしかなかった。

「草壁先生も探してくださってたんですね」

「いいえ。次の予定までの時間つぶしに庭を散歩していて、偶然見付けただけです」

草壁はそう言ったが、彼のぴかぴかの革靴には泥が付いている。屋敷の周りにこんなに泥が付く場所はないから、きっと裏庭まで探しに行ってくれたのだろう。

なのに、そんなことはおくびにも出さず、草壁は谷川に珠を託して帰ろうとする。

「それでは、失礼いたしま――」

「ささ、お早く奥様のお部屋へ！」

「え？　あ、はい」

『お、おせ、お世話を、おかけ、します』

谷川に追い立てられ、草壁は珠を抱いたまま階段を駆け上がる。その振動で、珠のお詫びはンニャンニャと途切れ途切れになる。

そのまま、珠は二階の主の間と呼ばれる部屋へと連れていかれた。

「奥様。珠が見付かりました」

「まあ、司さんが見付けてくださったの？　珠、無事でよかった」

『ただいま、ママ！』

ベッドからやせ細った両手を差し出して迎えてくれるママの胸に、珠は自分から飛び込んでいった。

珠のママの名は、花園藤江《ふじえ》。

花園家は元々資産家ではあったが、藤江はそこからさらに事業を拡張したやり手の実業家だった。

若い頃はばりばり働いていたが、八十七歳になった今では、足を悪くして車椅子《くるまいす》で生活をしている。

最近は趣味の手芸をする以外は、横になっていることが多くなった。

今日もすでにベッドに入っていたけれど、リクライニングベッドを起こした姿勢で珠を待っていた。

藤江は、三十一歳の時に夫の英治《えいじ》と息子の健太《けんた》を事故で一度に失い、それ以来、三十二歳と四歳で時を止めた二人の思い出を胸に、仕事一筋に生きてきた。

そんな彼女が唯一家族として迎えたのが、珠だった。

どちらかといえば動物は苦手な藤江だったが、散歩の途中で見付けた死にかけの子猫を見捨てることができずに連れ帰り、看病するうちにすっかり情が移ってしまったのだ。

それからの藤江は、珠だけに愛情を注いで生きてきた。

『ママ。遅くなってごめんなさい』

「怪我はしてないね?」

身体中を撫で回すママに、珠はニャーと一鳴きしてすり寄って甘える。

怪我はないと分かって、ほっと肩の力を抜いたママは、改めて草壁に礼を述べた。

「見付けてくださってありがとうね。この子を失ったら、生きていけないところだったわ」

「そんなお気の弱いことを」

「この年になると、死ぬのは怖くない。置いていかれることが、何より怖くなるのよ。——神様は、無慈悲に私の一番大切なものを奪っていったから……」

弱気な言葉をたしなめる草壁に、あなたも年をとれば分かる、とママは小さく微笑んだ。

草壁が退室すると、ママはメイドに命じて珠の食事を用意させる。

「こんな時間まで、ご飯も食べずに何処へ行っていたの?」

『動物園だよ! 猫又様に会ってきたの。それから、白銀様っていうとっても優しい方にも会ったよ!』

猫語は人間には通じないと分かっていても、今日の素敵な出来事を伝えたくって、懸命に話す。

ママはいつだって、珠の声に耳を傾けてくれるから。

「よしよし。裏庭でねんねしてたのかい？」

だけど珠の言葉は、ママには通じない。でも、それももう少しの辛抱だ。

「……おまえが本当の子供だったら、何処で何をしてきたのかおしゃべりできるのにねぇ」

『ママ、僕もママの子供になりたい！　だから、猫又になる修行をがんばるね』

――人間になって、ママの子供になりたい。

猫又になれれば、昨日までは夢でしかなかった願いが実現できるのだ。

明日からの特訓に備え、普段なら十分な量の夕飯を食べきり、お皿をカタカタ揺らしてもっとねだると、ママは驚きつつもお代わりを出してくれた。

珠の食事は、自身も猫を飼っていて調理師の資格も持っているメイドの長瀬《ながせ》さんが、高齢の珠の身体を考えて作っている。だが、彼女は通いのメイドで夜には帰ってしまうから、夕飯の分は足りなくなったりしないよう多めに作っておいてくれる。

「こんなにいっぱい食べるなんて、今日はずいぶんたくさん遊んできたんだねぇ」

珠の背中を撫でる、齢《よわい》を刻んだママの手は細く弱々しい。

ママも元気になって、たくさんご飯を食べてほしい。

そう願いながら、珠はがんばってお代わりを平らげた。

その夜、珠は心配してくれていた寅二たち近所の猫に、猫又に会えて修行の約束を取り付けたことを報告した。

気が昂《たか》ぶってなかなか寝付けなかったがどうにか眠り、次の日も落ち着かない気持ちを持てあましながら日暮れを待ち、闇に紛れてこっそり屋敷を抜け出す。

レイが挨拶をして回ってくれたおかげで、昨日は珠を追いかけた八割れ猫も、とても親切だった。

何故か彼は鼻にはひっかき傷、後ろ脚には噛み傷とぼろぼろの姿だったが、動物園への最短ルートを教えてくれた。

おかげで珠は、昨日よりずっと短い時間で『なかよし動物園』へ行くことができた。

動物園の門の前で、人間の姿をしたレイと白銀がそろって珠を待っていた。

『お待たせして申し訳ありません！　早速、修行をさせてください！』

「無事にたどり着けたんだね。心配したんだよ」

これからどんな厳しい修行が待ち構えているのだろうと気負って来た珠だったが、笑顔の白銀に抱き上げられて存分に撫で回されてしまう。

『あ、あの……修行、を……修行は？』

「修行の前に、ちょっと寄り道するぞ」

また珠を甘やかす白銀が、レイに叱られやしないかと気を揉《も》んだけれど、レイは白銀とならんで園内に向かって歩きだす。

「白銀様。こんばんは」

途中で二十代から三十代くらいの五人ほどの青年たちと出くわしたが、彼らは白銀に気付くと立ち止まり、そろって頭を下げた。

白銀も立ち止まり、挨拶を返す。

「こんばんは。皆さんでお食事に行かれるのですか？」

「いえ、ちょっと飲みに――」

「食事に行くだけです！　では、失礼いたします！」

飲み会と言おうとした青年は後ろから頭を叩かれ、横にいた青年が慌てて取り繕い、愛想笑いを浮かべつつそそくさと去っていく。

その賑《にぎ》やかな後ろ姿を、白銀は寂しげな眼差しで見送る。

「ああいう、気の置けない仲間っていいね。どうして私は誘ってもらえないのかなぁ……」

どうも彼らもここで働く狐で、白銀とは同僚にあたるようだ。しかし彼らは、白銀に対してずいぶんと畏《かしこ》まった態度だった。

それを嘆く白銀に、レイは当たり前だとばかりに苦笑いする。

「そりゃおまえ、品行方正な生き神様の引率で飲みに行きたい奴なんていねぇだろ」

「生き神って、そんな大げさな。銀狐は、たかだか十倍ほど長生きする程度で――」

「それで十分、信仰に値する存在だっての。いい加減慣れろよ」

落ち込む白銀と、イラついた口調になるレイ。

何やら険悪になってきた空気が重くて、珠は流れを変えようと二人の話に割って入る。

『あの！　ところで、寄り道って何処へ行くのですか？』

「この動物園一の、珍獣のところだ」

「ここで修行をするなら、園長に話を通しておいた方がいいだろうから、ご挨拶に行くだけだよ」

どうも動物園には、『えんちょう』という名の珍しい獣がいるらしい。

ものすごく頑丈な檻に入った怖そうな生き物を想像したが、連れていかれた先は事務棟の二階。

八畳ほどの応接室も兼ねた園長室という場所にいたのは、どう見てもただの人間だった。

いや、『ただの』という表現は少し不適切だろう。

年齢は三十代半ばほど。どこか異国の雰囲気を感じさせる彫りの深い顔立ちに、明るめの茶色の髪。

そこまではいい。

だが彼は、端正といえる顔に細いフレームの丸メガネをかけて、ピンクのシャツの上に白衣をまとい、その胸には『園長』と書かれた名札を付け、さらには背中にもでかでかと『園長』と浪漫明朝体で印刷していた。

うさんくさいことこの上ない出で立ちの園長は、にこやかに珠に笑いかける。

「これはずいぶんと小さな猫ちゃんだ。初めまして、僕がここの園長の橘恵《たちばなけい》だよ」

『こちらこそ、初めまして。珠と申します』

丁寧に挨拶してくる園長の手に、握手代わりに頭をすりつけて挨拶をした珠は、レイを振り返る。

『あの、この方も狐ですか？』

「そいつは根っからの人間だ」

『え？　だってさっき、珍獣って……』

「珍獣とはひどいね、レイ」

園長からじっとりと睨《にら》み付けられ、レイは余計なこと言いやがると舌打ちした。

ごめんなさいと首をすくめた珠だったが、園長が自分の猫語を聞き取っていたことに気付き、驚きに目を見開く。

『あれ？　……橘様は、僕の言葉が分かるんですか？』

「分かるとも！　園長とは『園の長』と書いて字のごとく、園で一番えらいんです。猫語に犬語、狐語に狸語も話せるよ」

「犬語が分かりゃ、狐と狸はただの応用で大したことねぇだろ」

「でも、分かるってことがすごいでしょー」

得意げに胸を張る園長の鼻をへし折るべく放たれたレイの突っ込みを、園長は余裕の態度でへらりと笑って受け流す。

この食えなさが、レイをして『珍獣』と言わしめるゆえんだろう。

狐語と狸語は似通っているらしいが、それでも動物の言葉が理解できる人間がいるなんて思いもしなかった珠は、尊敬の眼差しを園長に向けた。

『園長って、すごいんですね！　橘様』

「珠ちゃんは、素直ないい子だね。橘様なんて堅苦しい。園長さんと気軽に呼んで」

動物は素直が一番と珠の手を握った園長は、珠の肉球をぷにぷにしたかと思うと、その手にがばっと顔を近づけた。

「ん？　肉球に、爪まで黒い！　珠ちゃんってば、福猫なんだね」

『えっ、あの……『ふくねこ』って、何ですか？』

興奮気味の園長の勢いが怖かったが、やっぱり好奇心が勝ってしまう。

訊ねる珠の肉球を握ったまま、園長は丁寧に説明をしてくれる。

「猫には、人間に福をもたらす力を生まれ持つものがいてね。それらの特徴を持つ猫を、『福猫』と呼ぶんだ。珠ちゃんみたいに爪まで真っ黒な黒猫は、魔除けの力を持ってるんだよ」

『ま、魔除け、ですか？　僕、そんなこと……何にも知りませんけど……』

「本猫に自覚はなくても、そうなんだ。先端が曲がった『カギしっぽ』を持つ猫は、宝箱の鍵を持っているかのように金運を上げる。他にも左右色違いの金と青の目を持つ猫は、幸せをもたらす『金目銀目』って言われてる」

『あの、それって……』

思い当たる節があって振り返ると、レイは不機嫌そうに腕組みをしていた。

「そう。レイも『福猫』なんだ。彼が来てくれてから、うちの来場者数は右肩上がりでね。さらに魔除けの猫が加わるなんて、鬼に金棒！　『福猫又』が二匹もいる動物園なんて、他にはないよ！　珠ちゃん、是非《ぜひ》とも猫又になってね。全面的にサポートさせてもらうかわりに、無事に猫又になった暁には、ぜひ当園にご就職いただきたい」

『僕が、動物園に？』

「狐と狸は大人になれば変化ができるけど、大きな動物に化けるにはそれなりに修練がいるんだ。だが猫又の妖力なら犀《さい》でも象でも、思いのままだからね。大きな動物は人気だから揃《そろ》えたいんだけど、化け手が足りなくて」

動物にとっては、時計ではなく『体内時計』や『日照時間』に合わせた生き方が『規則正しい生活』。人間のように決まった時間が来たから起きる、食欲がなくても食事をする、時計の時間に縛られた生活は難しい。

だから人間社会に溶け込んで暮らせるのは、狐狸の中でもどんな状況下であれ変化を保てる、妖力と順応力をもった者だけ。

しかし能力の高い狐狸にとっても、終始人間の目にさらされ気を抜けるときがない動物園は、不人気な職場なのだそうだ。

「最近は、手堅い公務員が人気なんだ。夢がないったらないよね。でも、動物園だってお給料なら負けてないよ！」

特に、希少な猫又には政府からの補助金も出るそうで、給料も普通の狐狸よりいいからと力説される。

だが猫又獲得に意欲的な園長を尻目に、レイは知ったことかと舌を出し、白銀はそうなったら嬉しいよと微笑む。

「別に猫又になれても、ここに就職する義理はねえからな」

「珠ちゃんは、そもそもどうして猫又になりたいって思ったの？」

『それは、お世話になったママのためです！』

「何だ『ママのため』って。てめぇも飼い猫根性丸出しの甘ちゃんかよ」

レイも元は野良猫だったのか、けっ、とつまらなそうに吐き出してそっぽを向いたが、白銀がすかさずたしなめる。

「そんな言い方をするものじゃないよ。珠ちゃんにとって、飼い主さんはとても大切な人なんだね」

『はい！　ママは、僕の命の恩人ですから』

「『ママは命の恩人』だって」

そっぽを向いたままのレイに代わって、白銀のために園長が間に入って通訳をしてくれる。

それに助けられながら、珠は自分が猫又になりたいと思った経緯を白銀に話し始めた。

『僕の一番古い記憶は、兄弟たちとぎゅうぎゅうにくっついていたことです』

「珠ちゃんは何匹兄弟だったの？」

白銀は楽しげな様子を想像したようだが、現実はとても悲しいものだった。

『覚えていません……まだ目もほとんど開いていない頃のことなので不確かですが、たぶん兄弟たちと一緒に、袋の中に詰め込まれていたんだと思います。その状態でごとごとひどく揺れた後、大きな衝撃を感じて――袋の中に水が入ってきました』

「それは……怖かったろう」

おそらくは、袋ごと川に投げ捨てられたのだ。

思い出しただけでも恐ろしい出来事に身震いすると、通訳をしてくれていた園長が優しく頭を撫で、話を続けるよう促してくれる。

『冷たい水の中で、必死にもがいたけれどどうすることもできず、意識を失いました。気が付くと、いつの間にか浅瀬に流れ着いていましたが、他の兄弟たちはみな……もう動かなくなっていました。寒くて怖くて、ただ声を限りに鳴き続けていると、袋の口が開いて、ママが抱き上げてくれたんです』

河川敷を散歩中に珠の声に気付いたママは、珠を屋敷に連れ帰って介抱し、助からなかった兄弟たちも手厚く弔ってくれた。

『ママは、僕だけじゃなく、兄弟たちにとっても恩人なんです』

「とても、悲しい目に遭ったんだね……」

話を聞き終えた白銀は、抱いていた珠をさらに強く抱きしめて背中に頬ずりする。

園長は、そんなひどいことをする人間がいるなんて情けない、と同じ人間としていたたまれない様子で俯く。

あんまり暗い雰囲気になったので、珠の方が慌てて明るい調子で話を続ける。

『でも、僕は優しいママに会えました！　ママも事故でご主人もお子さんも亡くされて、独りぼっちなんです。だから、僕が人間になって、ママの子供になりたいんです！』

「……まあ、そういうことなら、仕方がねぇか」

事情を知ってレイも態度を軟化させる気になったらしく、珠の方に向き直る。

『ご指導をしていただけるんですね！』

「猫又になれるよう特訓してやるってのは、もう約束をしたことだから協力してやる。その後のことは、てめぇの好きにしな」

「僕も園を上げて協力するから、ぜひうちに就職——ぐぇ」

「だーから、そういう話はこいつが猫又になれてからにしろっつーんだ！」

私欲を交える園長の首にチョークスリーパーをがっちり決めるレイが、頼もしいけれど怖い。

「私も協力するから、一緒にがんばろうね」

珠の不安げな様子に気付いたのか、白銀は優しく珠の頭を撫でてくれた。

なんだか予想外の形でだが、珠の『猫又化計画』は動物園の全面的サポートを受けた一大プロジェクトになってしまった。

月、水、金曜は白銀。火、木、土曜はレイが珠の訓練のコーチをし、動物園のお客が多くて忙しい日曜は、珠が一人で休息をとったり体調を整える自己管理をする日、という予定が組まれた。

「日中に来られる日はないかな？　営業中の動物園を見学させてあげるよ」

全面協力するという言葉は社交辞令ではないようで、園長も積極的な協力を珠に申し出てくれた。

『明日は駄目ですか？　ママが病院へ行く日なので、朝から夕方まで出ていても大丈夫なんですが』

「それはちょうどよかった！　レイたちの働く姿を見てもらおう。将来の職場環境の確認——って、まあ、それはともかく、いろいろと知って知力を高めることも必要だからね」

またプロレス技をかけられるのは御免とばかりにレイの顔色を窺《うかが》う園長に、レイは呆《あき》れたため息を吐きつつも同意した。

「じゃあ、明日の日中は園内の見学。それからいったん帰って、夕飯を食ったらまた来て特訓だ。明日は木曜だから俺がコーチする」

『はい！　師匠様。よろしくお願いします』

「何もそんなに最初っから詰め込まなくても……」

明日から特訓にかかるというレイに白銀は難色を示したが、レイは何かを確認するように珠の毛を逆さに撫でて、頷いた。

「急がねぇと時間がない。この毛並みからすると、珠は冬生まれだ。春までに変化に耐えられる身体に鍛えないと。遊んでる暇はないぞ！」

『はい！　よろしければ、今からでも特訓をお願いします！』

「いいぞ、珠。それでこそ俺の弟子だ。付いてこい！」

にやりと口角を上げるレイの元に駆け寄ろうとしたが、白銀は珠を抱く腕に力を込めて放してくれない。

「ちょっと待って！　今日は水曜日だから私が担当する日だよ？」

「じゃあ、おまえも付いてこい。――そいつは降ろして歩かせろ！」

『僕、自分で歩きますから』

レイには怒鳴られ、珠からは懇願の目で見上げられ、白銀は名残惜しそうに珠の身体を床に降ろした。

「君たち、仲良くやらないと駄目だからね！　珠ちゃんは我が園のホープ候補なんだから！　丁重に！　優しくね」

心配げな園長に一礼すると、珠はすたすたと先を行くレイを、白銀と共に追いかけた。

レイは園内にある十メートルほどのアカシアの木の前で立ち止まり、珠を振り返る。

「特訓の前に、まずはどれくらいの運動能力があんのか確認したい。全速力であの木のてっぺんまで登って、降りてこい」

『はい！』

早速、珠は幹に飛びついて爪を立て、がしがしと登っていく。だがアカシアの木の枝は細くしなって、登りにくい。

ようやく半分ほど登ったところで、枝がしなってぐらりと前のめりになる。

『うわっ！』

「珠ちゃん！　大丈夫？」

何とか踏みとどまって下を見ると、珠が落ちたら受け止めようと手を伸ばしている白銀の姿が見えて、なんだかとても安心して気持ちが落ち着いた。

『大丈夫です。でも……これ以上先に進むのは、難しいです』

「よし。じゃあ、そっから飛び降りろ。おまえなら大丈夫だ。根性見せろ！」

『は、はい！』

レイは腕組みをしたまま珠を見上げ、白銀にも手を出すなと言って後ろに下がらせた。

建物の二階ほどの高さに躊躇したが、ここでできるところを見せたいと、覚悟を決めた。

四本の脚で地面をしっかりととらえられるよう、地上までの距離と自分の体勢、足場、すべてを考えてから宙に身を躍らせた。

だが衝撃に備えた身体は、ぽすんと柔らかく受け止められる。

「おっと。本当に軽いね、珠ちゃんは」

驚いて見開いた目に映ったのは、ほっとした笑顔を浮かべた白銀だった。

レイに制止されていたのに、とっさに身体が動いて珠を受け止めてしまったようだ。

「てめぇ！　邪魔すんなって言ったろーが。自分で着地させろ！」

「最初っから無茶をして、骨折でもしたらどうするんだい？　もう少し筋力をつけてからの方がいい。こんなに細い脚なんだから」

「その分、軽いから大丈夫なんだよ。猫の身体を舐めんじゃねぇ」

レイはわざと枝がよくしなって登りにくい木を選び、珠の柔軟性とバランス感覚をしっかり見て、猫ならではの感性で大丈夫だと判断してやらせたのだ。

それを台無しにされては、怒るのも無理はなかった。

『あのっ、白銀様！　僕なら大丈夫です！　だから喧嘩《けんか》しないで！』

「珠ちゃん……ごめんね、邪魔をしてしまって。レイも、ごめん。ちゃんと指導をするから、コーチから外さないでくれ」

「んー……まあ、分かりゃいいんだ」

素直に反省する白銀に、レイも強くは出られないようだ。でもこの特訓は珠にとっては重要なもの、中途半端にされちゃあ困ると考え込む。

「おまえさ、人間くさくなりすぎて、感覚が鈍ってんじゃねぇか？　ちょいと本体の狐に戻ったらどうだ？」

「それは……確かに、そうかもしれない」

どうも、他の動物に化けるとその動物の本能や習性に近くなるらしく、狐としての力は上手《うま》く発揮できないそうだ。

『白銀様の……本体……？』

「結構、きれいなもんだぜ」

にやつくレイとは裏腹に、白銀は憂鬱《ゆううつ》そうな顔で腕に抱いていた珠を降ろし、ふうっと長く息を吐いた。

吐く息と共に何かが抜け落ちていくように、白銀の身体が縮みだす。

途中でぶるりと身を震わせ、それまで自分が着ていた衣服を払い落とした。

そうして現れた本来の姿の白銀は、身体全体が白く発光しているかのごとくに感じる神々しい姿だった。

狐というのは、珠も見たことがある犬に似通っていたが、犬より大きな耳と、ふさふさのしっぽをしていた。

つんと尖《とが》った鼻先に、大きな口。耳は燻《いぶ》し銀のように黒っぽく、しっぽの先も純白だが、他は明け方の新雪みたいに清らかな銀色の毛並み。

金色の目は、雪原を照らす太陽みたいに輝いてまぶしいほどで、珠は思わず目を細めた。

『す、すごい、すごい！　白銀様。とってもきれい！』

大きな白銀の口は、確かに珠くらい一飲みにできそうなほどだけれど、少しも怖くなかった。

こんなに美しい獣は、今まで見たことがない。

興奮のあまり、珠は白銀の周りをぐるぐる回ってしまうが、どこから見ても美しかった。

昨日、猫じゃらしと間違えた見事な毛並みのしっぽに、またじゃれついてしまう。

白銀もしっぽを左右にふさふさ振って、珠を誘惑する。

『んんーっ、気持ちいい！』

捕まえたしっぽにぎゅっと摑まると、そのままぶんっとしっぽを振られて、白銀の顔の目の前まではじかれた。

「無邪気な珠ちゃん。食べてしまいたいくらいに可愛いよ」

そう言って舌なめずりする白銀の顔を、ベロも大きいなぁ、なんて思いながらのぞき込むと、本当に大きな舌でべろんと顔を舐められた。

『すごい！　ひと舐めで毛繕いがすんでしまいますね』

もう一度やってほしくって、珠は後ろ脚で立ち上がり、白銀の頬を肉球でぽふぽふと叩いて催促する。

言葉より雄弁な眼差しで見つめる珠の意図を察し、白銀はぺろんぺろんと珠の頬や耳を丁寧に舐めてから、ため息を吐く。

「……ここは、怖がるなり怒るなりしてほしいところだったのに」

大きな口で珠を怖がらせたかったようだけれど、ちっとも怖くないのだから仕方がない。むしろ、白銀にこんな悪戯《いたずら》をする遊び心があると分かって、嬉しかったくらいだ。

『だって、白銀様は優しい方だから、怖くないです』

「すげー舐められてるなぁ、白銀」

舐めてた方が舐められてるってのもおかしなもんだが、と笑いだすレイに、白銀は困惑して珠とレイに交互にせわしく視線を向ける。

「え？　何？　珠ちゃんはさっき、なんて言ったの？」

「白銀は、腰抜けだから怖くないってさ」

『ち、違います！　腰抜けなんて言ってません！　師匠様、ひどいです！』

「レイ！　嘘をついてるね？　ちゃんと通訳してくれないか」

珠と白銀の両方からキャンキャンニャーニャー抗議をされても、どこ吹く風と笑い飛ばすレイに、珠は早く人間になって話せるようになりたいと、痛切に思った。

「じゃ、これで白銀も邪魔できないようになったし、もう一回、できるだけ高いところまで登って降りてこい」

『はい！』

早速、張り切って幹に飛びつくと、白銀も木に近付いてくる。

「じゃあ、せっかくこの姿になったことだし、私も一緒に登ろうかな」

『ンニャッ！　し、白銀様、押さないでください！』

落ちないようにサポートしてあげるから、と珠のお尻を鼻先で押し上げる白銀に、レイは目眩《めまい》を覚えたのか片手を額に当ててため息を吐く。

「おめぇは、何でそう自分より小さいもんに甘いんだ……白銀じゃなくて、白砂糖に改名しろ！」

「白砂糖って、ひどいな。君が厳しすぎるから、私が甘く見えるだけだろ」

珠をそっちのけで仲良く口げんかを始めるレイと白銀に、珠は先行きの不安を覚えながら、黙々と木に登った。

初めての訓練の次の日。

朝ご飯を平らげた珠は、園長に動物園を案内してもらうべく、屋敷を抜け出して動物園に向かう。昼のご飯は、食いしん坊な錆猫《さびねこ》の小鉄《こてつ》にこっそり食べておいてくれるよう頼んできたから、夜ご飯まで帰らなくても大丈夫だ。

動物園正門のチケットカウンターに飛び乗ると、話を聞いていた受付の女性が園長を呼んでくれた。

「いらっしゃい。珠ちゃん。早かったね」

『はい。だって、楽しみにしていましたから』

レイは『白熊』白銀は『パンダ』に化けていると聞かされたが、どちらも見たことがない珠は、楽しみで仕方がなかった。

まずは順番どおりに見ていこうと、園長は珠を抱いてのんびり左回りに歩き出す。

「正門から入って右側は草食獣や鳥のエリアで、そこは本来のままの動物が多いんだ」

珠が初めて来た時、その『草原エリア』という大人《おとな》しい動物が多い場所を通っていたようだ。

左へ進んでいれば『猛獣エリア』で、そこの動物はどれも大きくて強そうだ。最初にここを見ていたら、珠は恐ろしくってしっぽを巻いて逃げ帰っていただろう。

今は、園長が白衣の中に珠をすっぽり入れて隠して歩いてくれているおかげで、逃げださずにすんだ。

「とはいえ、ライオンも虎も豹《ひょう》も熊も、どれも狐か狸なんだけどね」

そう聞かされても、実際に目にする檻の中の動物の迫力に気圧され、珠の瞳孔は開きっぱなしになってしまう。

檻に入っている虎や熊は、大きさも形もみんな違う。なのに、これらがみんな狐か狸だとは、なんてすごいんだろうと感心するばかりだ。

身体の大きな動物に化けられるのは、それだけ力が強い証拠。特に大きな象は、狸と狐の長老たちが担当しているそうだ。

これまで他の檻の前は通り過ぎるだけだった園長が、豹の檻の前で立ち止まる。

「彼は白銀の弟なんだよ。やあ、雪也《ゆきや》くん」

周りから客がいなくなった隙に園長が声をかけると、豹はのっそりと珠たちの方へやってきた。

豹とは同じネコ科とはいえ、自分よりずっとずっと大きな姿に、身体が硬直してしまう。

カチコチに固まっている珠を睨《ね》め付ける雪也の視線は怖かったけれど、それでも兄弟のせいか目の色が白銀と同じだと気付くと、心が落ち着いてきた。

珠は笑顔を取り戻したが、雪也の方は不機嫌そうに牙を剝く。

「何？　そのきったない猫」

「汚いって、ひどいなぁ。ごめんねー、珠ちゃん。失礼な子で」

園長は謝ってくれたが、こんなにきれいな豹に化けられる彼から見れば、自分なんかぼろぞうきんみたいなものだろうと腹も立たない。

『初めまして。これからこの動物園で猫又になる修行をさせていただく、珠と申します』

猫語は通じないかもと思いながらも丁寧に挨拶をしたが、やはり通じなかったようで、ぴしゃりとしっぽを振った雪也は、不機嫌を通り越して怒りをあらわにする。

「ニャゴニャゴいうんじゃないよ！　何で銀狐一の妖力を持つ兄様が、こんな奴の相手をしなきゃなんないの？　僕は反対だからね。大体――」

「雪也くん。お客様がいらしたから、ね？」

小さな子供を連れたママ友さんらしき女性が四人ほど、こちらに近づいてくるのに気付いた園長は、慌てて雪也をなだめる。

豹が人の言葉をしゃべっているのを、客に見られるわけにはいかない。

動物園に勤める動物が、関係者以外にみだりに正体や人間の言葉を話しているところを見せることは、狐狸や猫又の協力の下で動物園を運営するにあたって制定された『動物園法』で禁止されているのだそうだ。

園長からの制止に、雪也は猛獣にふさわしい優美な動きで檻の奥へ向かい、木で組まれた高台の上に飛び乗った。

『あの……僕は、やっぱり白銀様にご迷惑をかけているのでは？』

「雪也くんのことは、気にすることないよ。ブラコンだから、白銀に近づく奴はみんな気にくわないんだ」

『あの『ぶらこん』って何ですか？』

「ああ、お兄ちゃん大好きっ子って意味だよ。白銀も甘やかすからいけないんだけどね」

白銀のような素敵な兄なら、自慢で独占したくなるのも分かる。珠は納得して頷いたが、園長はいつまでも大人になりきれない困った子だよ、と肩をすくめる。

「雪也は名門の銀狐の血を引いてるから、他の狐よりど一んとプライドが高いんだ。おまけに、彼を祭り上げてる取り巻きの狐たちは気も荒いから、気を付けてね」

狐は総じてプライドが高く、白銀みたいに温和な方が珍しいそうだ。

でも白銀と同じ金色の目を見ていると、どうしても悪く感じることができなかった。

『猛獣エリア』を抜けると、ちょうど動物園の中央に出る。

そこは『竹林エリア』で、パンダとレッサーパンダの檻があるという。

片方の檻に人はまばらだったが、もう一方はぐるりと人が取り巻いている。その光景には見覚えがあった。

『あ！　あの檻の中は、一昨日見ました！』

「おや、白銀のことはもう見てたの」

『それじゃあ、あの白黒の大きな動物が――』

「白銀が化けてるパンダだよ」

人垣の隙間から檻の中を覗《のぞ》いてみると、パンダは相変わらずころころとした愛らしい仕草で地面に寝転がりながら、竹を囓《かじ》っていた。

手元に竹がなくなると、起き上がるかと思いきや、後ろ脚でたぐり寄せてまた食べ始める。

その無精な姿に、客たちは大喜びしてシャッターを切る。

『すごい人気ですね』

「カメラを構えたお客さんに、さりげなくポーズをとったり、小さい子に見えやすい位置に移動したり、実に細やかなサービスをしてくれて助かってるよ」

ただ葉《は》っぱを食んでいるだけなのに、人を魅了する。あの無邪気な仕草を計算尽《ず》くでやっているのだから、感心させられる。

『すごく……格好いいですね。僕も、白銀様みたいな立派なパンダになりたいです！』

「おおっ、頼もしいねぇ」

白銀の雄姿をもっと見ていたかったが、他の場所も見ておいた方がいい。

これは就職確定かとほくほく顔になる園長に連れられ、珠は先へ進むことにした。

次の場所は『森林エリア』で、そこには狐のいる檻があった。

「ここにいるのが、本来の姿の狐だよ」

『この方々が、狐……？』

低木の植わった傾斜で丸まってくつろいだり、仲間同士でじゃれ合っている狐たちは、姿形は白銀と変わらないが一回りほど小さいし、色がまったく違う。耳が黒いこととしっぽの先が白いことは同じだが、身体の色は黄みがかった茶色だ。

『白銀様と、少し違いますね』

「白銀は銀狐だからね。一般的に、動物園に就職するのは狸の方が多いんだけど、うちは白銀と雪也くんがいるから狐の方が多いんだ」

「白銀様がいると、どうして狐が集まるんですか？」

「妖力が高い銀狐は、狐たちのあこがれの的でね。同じ職場で働けるだけで、誉れなことなんだって」

銀狐は一般的な狐の十倍ほども長生きで、百年から百二十年ほど生きると聞いた珠は、驚きに目を見開いた。

『百年も生きられるのですか！』

「驚くことないよ。珠ちゃんだって、猫又になればそれくらい生きられるんだから」

『猫又って、そんなに長生きなんですか？』

「大体だけど、猫又になってから百年ほど生きるんで、先の二十年を足して百二十歳が猫又の平均寿命だね」

さっきから、膨らんだ白衣の胸元に向かって話しかけている奇妙な園長の姿に、モーゼの十戒よろしく客は左右に割れて避けていく。

だがそんな奇妙な園長を見て、檻の中の一匹の小柄な狐が、嬉しそうに鉄柵の前まで走り寄ってきた。

『園長さん！　こんにちはっ！』

「リ、リクくん！　駄目！」

『あっ、こ、コーン！　コン！』

元気よく挨拶してきたリクに、園長は口元に人差し指を立ててしゃべっちゃ駄目だと合図を送る。

園長の視線の先には、こちらに歩いてくるスケッチブックを抱えた美大生らしき女性たちの姿があった。彼女たちに、動物がしゃべるところを見られたら大変だ。

「ねえ。さっき、そこの狐、こんにちはって鳴かなかった？」

「あははっ、だったらおもしろいけどー」

そんなわけないかと笑い合う彼女たちに、何とかごまかせたと園長はほっと肩の力を抜く。

うっかり挨拶をしてしまったリクは、しょぼりと耳を伏せて今にも泣きそうに潤んだ眼差しを園長に向けた。

「この程度でクビになんてしないから。次から気を付けてね」

明るく手を振る園長に、また『はい』とでも答えようとして慌ててやめたのか、リクは大きく開けた口をただぱくぱくとさせ、あくびの振りでごまかした。

『……動物園で働くって、大変そうですねぇ』

さっきのリクのような失敗を、自分もしでかしてしまいそうだと不安になる。耳もヒゲも下げて考え込む珠の耳の後ろを、園長は指先でかりかりとかきながら陽気に笑う。

「誰だって、初めから完璧にできるなんてことはないよ。ここの狐たちは、まだ若い子や山から下りてきて間もない未熟な子たちでね。朝夕の交代制で化けたり、病欠が出た場合の代役を経てから本格デビューをするんだ」

動物園で働くにも、ちゃんとそれなりの特訓期間があると聞いて、珠は少し安心した。

「さて、おまちかね。ここがレイのいる白熊ワールドだよ」

昨日、レイに会った檻の前まで来てみたけれど、白くて大きな熊に化けたレイは客の方にお尻を向け、水辺でのんびりと昼寝を楽しんでいるようだった。

『あの……眠っていてもいいんですか？』

珠の声が聞こえたのか、レイは突然起きだして水の中にばしゃんと飛び込む。すると、地下階から子供が大泣きする声が聞こえてきた。

「レイはぐーたら寝てばっかりと見せかけて、突然潜ってアクリル板越しに地下のお客様に襲いかかる振りをして驚かせるんだ。お子様泣かせ率ナンバーワンの極悪白熊として、ある意味うちの名物なんだよ」

母親に抱っこされて地上に出てきた三歳くらいの男の子は、よほど怖かったのか涙をぽろぽろこぼしながら泣きじゃくっているが、それをあやす母親の顔は笑っている。その様子をデジタルカメラで録画している父親も笑顔で、きっとこの映像は家族の大切な思い出として残るのだろうと微笑ましい気持ちになった。

珠が白衣から顔を覗かせてレイのいる檻の中を見てみると、水から顔を出したレイと目が合う。珠に気付いたレイは、あんぐりと大きな牙の並んだ口を開けた。

その迫力に、珠より檻のすぐ近くにいた幼稚園の遠足で来たのだろう園児の集団の方が驚いたようだ。

子供たちが泣きだしたり奇声を上げたりして大騒動になったので、珠を抱いた園長はそそくさとその場を後にした。

『……あれで本当に大丈夫なんですか？』

「大丈夫なんだよねぇ、それが」

お客様を怖がらせるなんて、よくないことに思える。首をかしげる珠に、園長も不思議だよねぇと苦笑いをする。

長

グッズショップでは、三白眼で仁王立ちという凶悪な白熊ぬいぐるみが売られているが、ぬいぐるみの中では一番の売れ行きだそうだ。

他と一線を画する可愛くなさで、マニアックな人気を博しているらしい。

「僕は知的でクールな正統派美人が好きなんだけど、趣味は人それぞれだからね」

『こんなに人気者のお二人に修行をつけていただけるなんて、ありがたいことです』

「レイは自分に甘くて他人には厳しいから、大変だと思うけど、がんばってね。それで、就職についても前向きに検討をしてねー」

ママのために猫又を目指していたはずが、なんだかどんどん話が大きくなっていく。

それと同時に不安も大きくなっていくけれど、事態はもう動きだしてしまったのだ。

『皆さんの期待に応《こた》えられるよう、精一杯がんばります！』

珠は夕方からの特訓を思い、気を引き締めた。

『珠さん。本当に大丈夫なんですか？　猫又になる前に死んじゃったら、元も子もないんですからね』

『うーん……うん、大丈夫、大丈夫……はぁ……』

動物園へ通い始めて約一ヵ月。

動物園での修行を終えて帰宅して一眠りした後は、屋敷の庭にある日当たりのいいベンチの上で、寅二から背中のもみもみマッサージを受けるのが珠の日課になっていた。

雨の日以外は毎晩行われる修行は、これまでのんびり過ごしていた珠にとっては——いや、それ以外の猫にだって過酷なものであろう厳しさで、珠の身体はくたくただった。

レイはとにかく体力作りが大切だと、腰に古い自転車のタイヤをロープでくくりつけてのランニングや、木の上に投げたボールを取りに登るハードなトレーニングを課した。

しかし、どんなに厳しい特訓だって、珠のためを思ってのことなのだから、感謝していた。

早く猫又になりたい。それも、できるだけ優秀な猫又に。

レイや白銀のように格好いい人間に化けられるようになれば、ママだって喜んでくれるはず。

ママの旦那様は写真で見ただけだが、今でも上品な美しさを持つママにふさわしい格好いい人で、息子さんもとても可愛かった。あんな風に、素敵な人間に化けたい。

張り切る珠に、寅二はしかめっ面で苦言を呈する。

『でも、無理して身体をこわしたんじゃあ、元も子もないですよ』

『大丈夫。今日は白銀様との修行だから』

言ってから、こんな甘えた認識でいいのだろうかという疑問が珠の心にわき上がった。

白銀との修行は、動物園の裏口から行ける小さな山へ登るトレッキングや、街を歩きながら人間社会の仕組みやルールを覚えるなど、軽めのものが多かった。

レイの厳しい指導で疲れている珠の体調を気遣ってのことだろうとありがたかったが、いつまでも甘えていてはいけない。

もっと厳しく鍛えてもらおうと、決意を新たにした。


その日の修行の前に、園長に通訳してもらって珠の決意を白銀に伝えると、白銀は困った顔をして考え込んだ。

「じゃあ、私も本体に戻った方がいいかな」

『お、お願いできるのでしたら、ぜひ！』

その方が勘が働くから特訓しやすいかもと言われ、また白銀のふさふさしっぽに触れられるかもなんて邪《よこしま》な気持ちもわいて、珠はそうしてくれるよう頼み込んだ。

話は決まったので早速修行に向かおうとしたところ、園長が白銀を呼び止めた。

「ところで白銀。あのＣＤは効果なかった？　だったら、最新版のサンプルを頼んでみたらどう？」

「ああ、それでしたら、ずいぶん効果は出てますよ。ただ、ゆっくりでないとまだ少し怪しいので……」

唇に人差し指を押し当てる白銀の仕草は、なんだか悪戯めいて色っぽい。その仕草を見て、園長も肩をすくめて忍び笑いを漏らす。

「完璧主義だねぇ。いや、意地悪なのかな？」

さすが銀狐だと褒める園長に白銀は曖昧《あいまい》な笑みを返し、急ぎますからと園長室を後にした。

本体に戻ると衣服はすべて脱げてしまうため、白銀はパンダの檻の裏にある更衣室に立ち寄り、そこへ衣服を置いて特訓場所の裏山に向かうことになった。

白銀は抱っこ好きらしく、隙あらば珠を抱っこしようとするが、狐の姿ではできない。

最初は並んで歩いていたが、珠は歩を緩め、後ろから白銀の姿を眺める。

『やっぱり白銀様はきれいだなぁ……』

今宵は満月。月の光を存分に浴びた白銀は、以前見たときよりもさらに美しく闇の中に浮かび上がる。

狐たちが崇拝するのもうなずける神々しさだ。

闇に溶け込んでしまう真っ黒な自分とは違いすぎて、感嘆の息が漏れる。

「ごめん。ちょっと歩くのが速すぎたかな？」

『い、いえ！　あの……少し、ぼーっとしてしまっていて』

後れ始めた珠を振り返る白銀に、珠は慌てて駆け足で隣に並ぶ。

きれいなだけではなく、優しい。こんなに素敵な方に指導をしてもらえるなんて、身に余る光栄だ。

『しっかりがんばらなくっちゃね！』

珠はしっぽをピンと立て、落ち葉を踏みしめながら力強く進んだ。

いつも修行する裏山の開けた原っぱに到着すると、白銀は今日の修行のメニューについて考えを巡らせる。

「厳しくと言われても、やりすぎて珠ちゃんに嫌われたら困るしなぁ……」

『そんなこと、絶対にないです！　僕は白銀様のこと、大好きですから』

一方通行の言葉は、もどかしくもあるが都合がよくもあった。通じないから、心のままを堂々と言える。

「なんだか、とても嬉しいことを言ってくれてる気がするんだけど……なんて言ったの？」

『格好よくって親切で優しい白銀様が、大好きって言ったんですよ』

白銀の美しさとなめらかな毛皮は、マタタビ以上に珠を夢見心地にしてくれる。すり寄ってごろごろと喉を鳴らせば、白銀も珠に身体を寄せてきた。その身体にしっぽを絡ませると、白銀はびくりと身を震わせた。

「――遊んでばかりいないで修行をしないと、レイに怒られちゃうね」

調子に乗ってじゃれすぎて、くすぐったかったようだ。

ふいと気まずげに視線を逸《そ》らされて、珠もいつまでも心地よさに浸っている場合ではなかったと、姿勢を正して修行を始めることにした。

どんな修行をつけてくれるのかと見ていると、白銀は大きな耳をぴくぴく動かし、高く飛び上がって深い草むらにずぼっと飛び込む。

すると、数匹のバッタがあっちからもこっちからも飛び跳ねる。

白銀は、それを素早く空中ではたき落とす。

あくまで反射神経を鍛える訓練だから、殺さない程度に軽く、だが的確にパンチを決めていく。

『すごいです！　さすが白銀様！』

「珠ちゃんもやってごらん」

珠も真似《まね》して草むらへ飛び込んでみたが、そこからは何も飛び出してこない。

白銀は身体が大きいし、ジャンプにも高さと勢いがあるからあんなに草を揺らして虫を追い立てられるのだと思ったが、白銀はそれだけじゃないと注意を促す。

「ただ真似をするだけじゃ駄目だよ。もっとよく見て」

『はい！』

もう一度、手本を見せてくれる白銀の動作をじっと観察すると、白銀は耳をぴくぴく動かして虫の気配を音で感じ取ってから、そこへ向かって飛び込む。すると、バッタがぴょんぴょん飛び出す。

虫の気配を感じることから始めなければならなかったのだ。

「体力だけじゃなく、感覚を磨くことも大切だからね。さあ、やってみて」

『耳を澄まして……感じて……』

意識を外へ外へと飛ばしていけば、空を渡る風は珠の体毛をさらりと撫でて通り過ぎ、枯れ草をさわさわと鳴らす。肉球を通して、地面の湿気と冷たさも感じた。

自分はこんなにもたくさんのものを意識せず、ぼんやりと生きていたと気付かされる。

その時、風とは違うこそりとした草の音が耳に入って、珠は反射的にそこへ飛び込んだ。

「ほら、獲物が飛び出したよ！」

珠の足元からぴょんと跳ねたバッタを見て、白銀は楽しそうに声をあげた。それが嬉しくって、珠は何度も何度も繰り返す。

夢中になって続けるうちに、周りからすっかり虫たちの気配がなくなってしまった。

「じゃあ、次はもっと高く遠くへ跳べるよう、後ろ脚の強化をしてみようか」

白銀の動きを真似するように言われ、白銀が後ろ脚で立ち上がれば、珠も立ち上がる。左右に飛び跳ねれば、必死に後を追う。

じっと目で見て白銀の動きを追っていると、そのうちに身体の動きや視線で次の動きが感じ取れるようになってくる。

白銀も、珠の動きを読むように見つめてくるから、互いの視線が絡み合う。

いつしか、白銀と珠はほとんど同じタイミングで同じ動作をできるほど、共鳴し合っていた。

白銀のお日様みたいな金色の目で見つめられると、身体が内側から熱くなっていく。一体感と高揚感に包まれて、白銀と、ずっと一緒にこうしていたくなる。

『あっと、わっ！』

「珠！」

白銀だけを見つめていたせいで、足元の石に気付かなかった。体勢を崩して横倒しに倒れた珠を、即座に駆け寄った白銀が鼻先で押し上げて身体を起こしてくれた。

「大丈夫だった？　立てるかな」

『だ、大丈夫です……』

怪我はないけれど、夢中だったトランス状態から冷めれば、激しい動きの後の脱力感が一気に襲いかかってきた。地面にぺったりと座り込んだまま動くことができない。

『ご、めんなさ……ちょっとだけ……休ませ、て……』

白銀はふんふんと鼻を効かせて珠が怪我をしていないか確認し、ただ疲れただけと判断すると、その身体をぺろぺろ舐めて癒《い》やしてくれる。

大きな舌で舐められるのはとっても気持ちがいいけれど、白銀にそこまでしてもらうなんて、申し訳なくていたたまれない。

『あの、白銀様！　そんな、もったいない』

「ちょっとハードすぎたかな。今日はもう帰ろうか」

ひとしきり舐めても、珠が立ち上がれないほど疲れ切っていると分かったのだろう。白銀は、珠の首根っこを咥《くわ》えて立ち上がった。

『ええ！　あのっ、白銀様？』

首を咥えて移動させられるなんて、子猫みたいで恥ずかしい。降ろしてくださいと視線で訴えても、白銀は素知らぬ顔で、たしたしと軽快に山を下りていく。

恐縮しつつもゆらゆらと揺られていると、心地よい安心感に満たされていく。

母親のことなど覚えていないのに、こうしているととても懐かしい気持ちになる。

白銀にすべてをゆだね、珠はうっとりと目を閉じた。

猫又になるべく訓練を受けだした頃は、食べて丈夫な身体を作らなければいけないから食べていたが、最近の珠は運動のおかげでお腹《なか》が空《す》くから食べるようになった。

今日も空になったお皿をちょいちょいと弄《もてあそ》んで夕飯のお代わりを要求する珠に、ママは嬉しそうに頰を緩める。

「まあ、珠。今日もいっぱいお食べだねぇ」

でも珠の食欲を喜ぶママの方はといえば、今日の食事はリゾットとサラダだけだった。

『ママも、もっと食べなきゃ駄目だよ？』

「はいはい。すぐにお代わりを出すから、待っててちょうだいね。ああ、谷川さん。これを開けていただける？」

「はい。奥様」

ママの細い手では、もう珠のご飯の入ったタッパーを開けることすらできない。側《そば》に控えていた谷川が代わりに開けてご飯を出してくれる。

早く人間にならないと、ママがどんどん弱ってしまう。

『待っててね、ママ！　いっぱい食べて特訓して、きっと猫又になるから！』

「はい、お待たせして悪かったね。さあ、お食べ」

ウニャウニャと決意表明する珠の背中を撫でてくれる、ママの手の弱々しさを吹き飛ばす勢いで、珠はご飯をかき込んだ。


「持久力はまだまだだが、身体の方はだいぶん出来上がってきたな。ちょっと休むか」

『は、はい……ありがとうございます……』

腰にくくりつけていたタイヤのロープをレイにほどいてもらい、珠はへったりと座り込む。

その地面には、珠が引きずって走ったタイヤの跡が幾筋も残っている。

今日は調子に乗ってご飯を食べすぎた上に、最近は白銀との修行も体力を使うことが多くなったせいで、疲労が蓄積されてきたようだ。

レイとの修行の途中でへばってしまい、叱られるかと思ったけれど、レイは珍しく休憩を入れてくれた。

「あいつ――白銀の奴、最近は本体に戻って修行をつけてるんだって？」

『はい。やっぱりその方が勘が働いて、指導しやすいそうです』

「そうか。あの白銀がねぇ」

『『あの』とは、どういう意味ですか？』

「あいつは、自分のしっぽが嫌いなんだよ。太くて不細工だってんで、見たくないからなかなか本体に戻らねぇ。それがおまえのためとなりゃあ、喜んで銀狐に戻ってる。……あの野郎には気を付けろよ」

『気を付ける、とは？』

「おまえに色目を使ってやがるとしか思えねぇ。いくら細いしっぽが好きだからって、雄猫にまであぁとは……油断した」

「色目？　確かに、白銀様の目はとってもきれいな金色ですが……？」

首をかしげる珠に、レイは困ったとっちゃん坊やだ、とため息を吐く。

「しかし色事に疎いったって、おまえは玉をとられてないんだから、子供はいるんだろ？」

『いいえ。十二歳になるまで、他の猫とはほとんど接触のない生活でしたから』

「それじゃ、発情期すらろくになかったってことか！」

猫の雄は、一歳か遅くとも一歳半で性的に成熟する。その段階から何かに跨《また》がって腰を振ったりする性的行動を始めはするが、本格的な発情は、発情した雌の匂いによって引き起こされる。

しかし珠が他の猫と接触を持ったのは、適齢期を過ぎてから。

とはいえ、別に珠から接触を避けたわけではない。

屋敷の以前の庭師が猫嫌いで、珠以外の猫を見ると石を投げ、木酢など猫の嫌いな匂いをあちこちに霧吹きで吹き付けたりして追い出したせいだ。

しかし彼が定年退職して新しく入った安藤《あんどう》さんは猫好きで、よその猫が敷地内に入ってきても叱らなかった。

彼が来てくれてから、珠は他の猫とも交流を持てるようになったのだ。

珠の生活ぶりを聞いて、レイはなるほどと頷く。

「どうりで世間知らずなわけだ。今からしっかりと覚えな！　猫又になりたきゃ、狐公ごときに気安くされるんじゃねえよ！」

『だけど白銀様は、師匠様と引き合わせてくださった恩人です』

「まあなぁ……あいつも狐公にしちゃあ、道理をわきまえた男ではあるが……弟や取り巻きどもは鼻持ちならない屑《くず》ばかりだ」

その彼らが、どうも最近こそこそと何かを企んでいるようで気にくわないと、レイは不愉快そうに顔をしかめた。

「特に厄介なのが、雪也だ。ガキのくせに、プライドばかり高くてやがる。だーい好きなお兄様が、猫ごときに関わってるのがよっぽと気にくわないらしい」

『白銀様と同じ、美しい目をしていらっしゃるんだから、悪い方ではないと思います』

レイからは、どういう理屈だと呆れられたが、あんなにきれいな目をした雪也が、悪いことをすると思えない。

『本当にお兄さんが好きなら、お兄さんが嫌がることなんてなさらないでしょう』

「おまえはとことん甘ちゃんだな。猫又になれれば、あいつらが何をしかけてこようが蹴散《けち》らせるだけの妖力が手に入る。でも今のおまえじゃ話にならない。それに奴らは、徒党を組んで悪さをしやがるから質が悪い。やたらつるむのは、イヌ科の悪い癖だよ」

決して関わり合いを持つんじゃねえと言い含められ、珠は師匠様がそう言われるならと了承した。


今日は白銀に特訓をしてもらう日。

十二月に入って、ぐっと気温が低くなった。枯れ葉の積もる山の中を飛び跳ねる修行は大変だけど、それでも白銀とだと楽しくて、まったく苦にならない。

——早く白銀様に会いたい。

白い息を弾ませ、冷たい夜の中を足取りも軽く白銀の待つパンダの檻の前へ向かっていた珠だったが、不意に聞こえた遠吠《とおぼ》えに驚いて脚を止めた。

『犬……じゃないよね。何だろう……切ない声……』

夜の動物園には、何度来ても不思議な気分にさせられる。

昼間は子供たちの歓声に紛れている動物たちの声だけが、暗闇の中で純粋に響く。

様々な鳴き声は交響曲のように心地よく、珠はうっとりとした気分で声の響き合う空を見上げた。

「狼《おおかみ》の声が怖いの？」

後ろから不意に声をかけられ、珠は飛び上がりそうになるほど驚いたが、何とか堪《こら》えて振り向けば、十代後半ほどの青年が立っていた。

木の陰にいたらしいが、あんまり見事に気配を消していたものだから気付かなかった。

『あ……雪也さん……』

人間の姿に化けている雪也を見るのは初めてだが、その澄み切った金色の目を見間違えるはずがない。

白くなめらかな肌に映える赤い唇、柔らかそうな茶色の髪は肩につくほどで、少女にすら見える中性的な美しさだ。

フード付きジャケットにジーンズとスニーカーと、そこらの学生と変わらぬ格好だが、やはり白銀の弟だけあって、お忍びで街へ出かけた王侯貴族のような気品が漂っている。

でもその眼差しは、突き刺さるみたいにとげとげしい。

「怖いよね？　おまえみたいなチビなら、一噛みであの世行きだもの。だけど、狐だってあいつらに負けてないんだよ？　猫ののど笛を引き裂くくらい、簡単なんだから」

『あの……雪也さん？』

「銀狐は、猫ごときが気安くしていい存在じゃないんだ。なのに毎日のこのこやってきて……身の程知らずもいい加減にしてよね」

ぴりぴりと帯電したみたいな空気に包まれ、気分がざわつく。だが雪也は、不意に殺気立った雰囲気を消し、人なつこい笑顔を浮かべる。

「狼はね、これから繁殖期だから、ああやって雌を呼んでるのさ」

『え……あ、そうなんですか……』

どうして突然そんなことを教えてくれるのかといぶかったが、理由はすぐに分かった。

「雪也、まだ残っていたのか？　ああ、珠ちゃん。来てたんだね」

到着が遅い珠を心配して迎えに来た、白銀の存在を察知したからだ。

白銀が来てくれなければ、どうなっていたんだろう。

珠は、背筋に嫌な虫が這ったような感覚を覚えて身震いをした。

そんな珠に白銀が視線を向けぬよう、雪也は白銀に飛び付く。

「珠ちゃんってばね、狼の遠吠えを聞いて怖がってたんだよ。だから、あれは雌を呼んでる声だから怖くないよって、教えてあげてたんだ」

「そうか。ありがとう雪也」

白銀は優しい手つきで雪也の髪を梳いてやり、雪也は白銀の腰に腕を回す。

べったりくっついて甘える様は、兄弟というより動物園でデートをしている恋人たちのよう。

むっつりと不機嫌になる珠に気付くこともなく、白銀は無邪気で可愛い弟を演じる雪也の頭を撫でる。

「もう帰りなさい。あまり友達と夜遅くまで遊び歩くんじゃないよ」

「兄様こそ！　園長の頼みだからって、猫又育成に一生懸命になりすぎて寝不足に――」

「雪也！　兄様のことはいいから。いい子にして、早く帰りなさい」

はーい、とむくれながらも返事を返し、あくまでもかわいい弟のままで雪也は白銀たちに背を向けた。

しかし一瞬、珠に向けた目つきはナイフのように鋭くて、珠を震え上がらせるのに十分だった。

「珠ちゃん？　狼の声がそんなに怖かったの？」

思わず体中の毛を逆立てた珠の様子を見て、白銀はそっと珠を抱き上げてくれた。

雪也の目はすべてを焼き尽くす炎のように恐ろしく感じたが、白銀の目は穏やかな冬晴れの空を照らすお日様みたいだ。

恐怖に凍った心も溶けていく。

どうして同じだなんて思ったのだろうと、今更ながら不思議に思えた。

「珠ちゃん？」

息さえ潜めてじっと白銀の目を見つめる珠に、白銀は怪訝《けげん》な顔をする。

『ご、ごめんなさい！　その……ちょっと、怖かったから』

怖かったのは、狼の声ではない。でも、雪也が怖かったなんて白銀には言えないし、口にしたところで珠の言葉は通じない。

ただ白銀の優しさだけを感じたくて、その広い胸にすり寄って甘えた。

白銀の胸は筋肉質で引き締まっていて、決して柔らかくはない。だけど、お日様のあたる場所みたいに心地よくて、目を閉じればお日様の匂いまで感じる。

白銀は眼差しだけでなく、匂いまで優しい。

珠を落ち着かせるためか、白銀は変化を解かず、珠を抱いたままいつもの裏山へ向かって歩きだす。その道すがら、狼について話しだした。

「狼にも人に化けられる個体はいるんだけど、彼らは狼であることにプライドを持っているから、気安く化けることはないそうだ」

ちょっと格好いいよねと白銀は笑ったが、珠から見れば白銀の方がずっと格好よく見える。

『白銀様が、一番格好いいです。もちろん、師匠様も格好いいですけど……一緒にいてほっとするのは白銀様です』

ほんの少し一緒にいただけで、さっきまでの恐怖が泡雪みたいにすっかり消え去っている。白銀と一緒にいられるなら、何を言われても平気。どんなことがあったって、側にいたい。そう思えるほどに、白銀の存在は珠の中で大きくなっていた。

『優しいママが大好きだけど、僕は、きれいで優しくっていい匂いがする、白銀様も大好きなんです』

「それは……どうもありがとう」

はにかんだ笑顔を浮かべる白銀を見て、また何となくニュアンスで伝わったのだろうと、にこにこしていた珠だったが、続く言葉に硬直する。

「私も、可愛くってがんばりやで、つやつや毛並みの珠ちゃんが大好きだよ」

『ニャーッ！』

「ごめん。今のは分からなかった」

なんて言ったの？　と顔をのぞき込まれて問われても、意味などないただの絶叫だ。

通じないだろうからと、好き勝手しゃべっていた言葉を理解されていたなんて。恥ずかしすぎる事態に、しっぽの毛がぼわっと膨らむ。

そのしっぽを、白銀は楽しそうにするりと撫でる。その悪戯な笑顔から、わざと猫語が分からない振りをして珠の独り言を聞いていたと推察できた。

ひどいひどいとウニャウニャ鳴く珠の錯乱っぷりに、さすがに悪戯が過ぎたと反省したようだ。白銀は、笑みを消して真顔になる。

「ごめんね。騙《だま》すつもりはなかったんだ。聞き取れるようになったのは最近だし、もっとちゃんと分かるようになってから言おうと思ってたから」

『い、いつから猫語が分かるようになられてたんです？　師匠様から習われたのですか？』

「分かるようになったのは、本当につい最近。園長に助けてもらったけど、ほとんど独学だよ」

動物園の飼育員や獣医専門の通信販売サイトがあって、そこで各動物語の教材が販売されているのだそうだ。

ちなみに、今の流行は『聞き流すだけで口から猫語があふれ出す！　ニャンとも簡単猫語マスターだニャン』というCDだそうで、どんなものだかちょっと聞いてみたくなった。

『……どうして、猫語を勉強されたんですか？』

「君と直接話をしてみたかったから。園長は忙しいし、レイは意地悪でまともに通訳してくれないだろ」

まだ難しい言葉は分からないと断りを入れられたが、ほとんど支障がなく通じ合えることに感心させられる。

『さすがは銀狐のお血筋ですね。妖力だけでなく、頭脳も優れていらっしゃる』

「この世には、妖力より頭脳より、努力をさせるものがあるんだよ」

それってどんなにすごいものなのだろう？　と首をかしげて考え込む珠の顔を、白銀は悪戯な笑みを浮かべて見つめる。

「君と、二人きりで話をしたかった。純粋なる下心だよ」

『し、下心って……！』

白銀が自分なんか相手に何を企むんだろうと一瞬どきりとしたが、冗談に決まっている。からかわれた恥ずかしさと白銀と話せる嬉しさが相まって、しっぽでぴたんぴたんと白銀の腕を打ってしまう。うぅーっと、小さく不満の声が喉から漏れるのも止められない。

なのに白銀はそんな珠を見て、怒っても可愛いとか反則だと楽しそうに笑った。

「ほら、珠ちゃん。これで機嫌を直して？」

白銀は、珠の大好きなふさふさのしっぽを出し、目の前でくゆらせる。

こんなものでごまかされないと思っても、身体は反応してしまう。ウニャッと一鳴きして両手でつかみ取って抱き寄せる。

『ふかふかしてて、すっごく気持ちいい……。それに、なんてきれいな銀色。普通の狐の山吹みたいな色もきれいでしたが、銀色はもっと素敵です』

珠はうっとりともふもふのしっぽに頬ずりしたが、白銀は軽く肩を落とす。

「……こんなしっぽ、やたらと太くて、不格好じゃないか」

自分のしっぽを見る白銀の顔は不満げで、謙遜《けんそん》ではなく本当に気にくわないようだった。

白銀に比べれば、自分のしっぽの貧相さが恥ずかしくなるほど立派なのに、どうしてそんな風に思うのか。

だが珠の考えなど紙くずみたいに吹き飛ばす勢いで、白銀は持論を熱く語る。

「しっぽという物は、やっぱり珠ちゃんやレイみたいに、すらっと細く長く伸びている方が美しくて素敵じゃないか！　珠ちゃんのしっぽの動きの優美なことったら。一日中見ていたって飽きないよ」

『そ……そうでしょうか？』

「そうだとも！」

『だけど僕は、白銀様の温かでふかふかのしっぽが大好きです』

「——君が喜んでくれるなら、ふさふさも悪くはないかもね」

白銀は、珠を見つめて金色の目を優しく細める。

その目を見つめていると、不意にさっきの雪也を思い出す。

『……雪也さんの毛並みも、銀色なんですよね？』

「そうだよ。耳の色が違うくらいで、私と同じくらい銀色の部分が多いせいか、何でも私の真似をしたがって、動物園に就職してきたんだ」

『そう……なんですか。仲がいいんですね』

銀狐といっても、燻し銀のような黒が混ざることが多く、白銀のように耳としっぽの先以外ほとんどが銀色なのは珍しいそうだ。

何度見ても美しい銀色の毛並み。雪也もこんなに美しいのかと思うと、自分がとてもみすぼらしく思えて気後れする。

「私の母親は四回の出産で十六匹の子を産んだんだけど、私は最初の出産で産まれた長男で、雪也は最後の出産で産まれた末っ子なんだ。だから、兄弟みんなが雪也を可愛がって、それであの子はあんなに甘えん坊になってしまったんだ」

雪也は白銀が大好きなようだが、彼のことを嬉しそうに話す白銀もまた、雪也のことが好きなのだ。

兄弟で仲がいいのは微笑ましいこと。なのに、心の中でとげとげしたものが転がっているみたいに胸が痛い。

白銀が自分に付き合ってくれるのは、最初に関わってしまった責任感からと、園長に頼まれたから。

そうでなければ、ただの黒猫でしかない自分なぞ、近付くことすら恐れ多い方。その事実を、改めて雪也に指摘されるまで分かっていなかった自分の愚かさが悲しくなってくる。身体の芯が凍ったみたいな寒気を感じ、珠はぶるっと身震いした。

「……ごめんね。勝手にぺらぺらと、こんな話……」

白銀は、ぎゅっと強く目をつぶって悲しみを押さえ込む珠の様子を見て、兄弟をみんな失った珠の前で家族の話をするなんて、無神経だったと思ったらしい。強ばった珠の身体を、労《いたわ》るようにしっぽで撫でる。

「君の辛《つら》さを、分かってあげられないのが辛いよ」

『白銀様……白銀様みたいに立派な方に、そんなことを言っていただけるだけで嬉しいです』

「私が立派って、どういう意味なの？」

『え？　だ、だって、白銀様は名門の銀狐のご出身で、みんなから尊敬されてて……人間にもパンダにも化けられる人気者で、素晴らしい方じゃないですか！』

「そうか……私はみんなが望むような『立派な銀狐』になれているんだね」

言葉の内容の割に、白銀の表情に喜びの色はなく、木枯らしに揺れる小枝みたいに寂しげだ。

何を憂いているのか知りたくて、珠は白銀の頬にそっと肉球で触れた。

問いかける眼差しを向ける珠に、白銀はぽつりぽつりと真情を吐露し始める。

「銀狐なら、何でもできて当然と思われる。その期待は、重いものだよ。人に喜ばれて、狐たちには敬われて……とても誉れなことなんだろうけれど、たまに息がつまりそうになる。こんな毛皮は脱ぎ捨てて、誰の目も気にせずに過ごせたら、なんて思ってしまうんだ」

『白銀様……』

白銀は、家族を失った珠の気持ちを理解してあげられないと言うが、珠だって、狐族みんなから期待をかけられる白銀が負う重圧を、理解することができない。

だけど、白銀の苦しみを和らげることができるなら、何だってしたい。

珠は、伸び上がって白銀の頬を舐め、しっぽごと白銀の身体にすり寄る。

「珠ちゃん……」

白銀は珠を抱きしめてその背中に頬ずりしたが、すぐに顔を上げ、いつもの笑顔の白銀に戻った。

「さて、そろそろ修行を始めようか。もう珠ちゃんはいつ猫又になる時期を迎えてもおかしくないみたいだから、少しでも身体を鍛えないとね」

確かにそうだ。気持ちを切り替えた珠が心地よい白銀の腕の中から地面に降りると、白銀は風で服が飛ばされないよう、木陰で変化を解いて銀狐の姿に戻る。

「じゃあ、今日も私の動きに付いてきて」

『はい。よろしくお願いします』

白銀の動きを真似する修行は、時が経つのも忘れるくらい集中できる。

ただ白銀だけを感じていられる時間は夢のようにふわふわした心地になり、身体は疲れても心は晴れやかで、とっても気持ちがいい。

早速、後ろ脚で立つ白銀に倣って立ち上がり、そのまま歩いたり飛び跳ねたり。相手の動きを目で追い、動きをトレースする。

白銀が大きく口を開けるのに合わせ、珠もなるべく大きな口を開けてみた。だが、鼻先の長い白銀に比べれば、珠の口は半分にも満たない。

白銀の目を見つめるとなんだか笑っているように見えて、限界までがんばったのに馬鹿にされた気がして、珠は白銀に飛びついた。

『そんなに大きく開くのは無理です！』

「そう？　こうやって、思いっきり開いてごらん？」

ぽふぽふと白銀のほっぺたに猫パンチを繰り出したが、白銀はおもしろそうに笑って、珠の頭を丸ごと囓る勢いで大きな口で甘噛みしてくる。

『無理ったら無理です！』

「やっぱり珠ちゃんは、怒っても可愛いね」

後ろに跳び退《すさ》り猫パンチを繰り出すと、白銀も前脚で応戦してくる。さっきは珠が白銀を真似していたが、今度は逆さまになっている。

それがなんだか楽しくって、怒っていたことも忘れ、珠は再び白銀の動きを追いだす。

互いに同じ動作を繰り返していると、解け合ってくるみたいに気持ちがよくて、互いしか見えなくなる。

「こぉら！　てめぇーら、何してやがる！」

突然響いた、空気すら震わせる怒号に現実に引き戻され、珠も白銀も後ろ脚で立ち互いの前脚を合わせたままの格好で凍り付く。

『あ……師匠様？』

「レイ？」

「どういう修行をしていやがるのか、ちょいと見に来てみりゃあ、この有様かい！」

麓《ふもと》から登ってきたレイは、怒気をはらんで肩を怒らせながらずんずんと二人に近づき、珠の首根っこを摑んで顔の高さにぶら下げた。

「白銀！　いちゃついてねぇで、ちゃんと指導をしてやれ。生まれながらに妖力を持ってるお偉い銀狐様にゃ分からねぇかもしれないが、下々の者は努力ってものをしないと駄目なんだよ」

どうやら修行の仕方に問題があったらしい。珠を心配して怒ってくれているようだが、白銀に向けられた言葉は看過できなかった。

『そんな風に言わないでください！　白銀様だって、選んで銀狐に生まれてきたわけじゃありません！　それに白銀様は、みんなに認められるような立派な銀狐でいようと努力をされている、立派な方です。だから僕は、白銀様を尊敬しているんです！』

「珠ちゃん……」

『ご、ごめんなさい、白銀様。出すぎた真似を……勝手なことを言いました』

「いいや。私の言いたかったことを全部言ってくれて、嬉しかったよ」

見つめ合う白銀と珠を眺めながら、レイはさらに深々と眉間にしわを寄せる。

「何を怒ってるんだか知らないが、とにかく珠ちゃんを降ろせ！」

真面目に修行をしていたつもりだったのに、何がいけなかったのか。つり下げられたまま首をかしげる珠同様、白銀も訳が分からない様子だ。

レイの腹に手をかけて立ち上がって珠を奪い返そうと大きく口を開けたが、レイは素早く珠を摑んだ手を高く差し上げて返さない。

「てめぇ、狐公が猫を相手に求愛ダンスたぁ、どういう了見だ？」

「え？」

珠を取り返せず苛立《いらだ》ちを見せていた白銀だったが、レイからの鋭い詰問に、すとんと腰を下ろした。

「求愛……？　私が……珠ちゃんに……」

首をかしげて口ごもった白銀は、しばしの思案の後、ぶわっとしっぽの毛を膨らませた。

「わ、私は、なんてことを！　お付き合いのお願いもプレゼントもなしに、いきなり求婚とは、なんて不作法な！」

「反省すべき点は、そこか？」

手順が違うと狼狽《うろた》える白銀に、レイはもっと根本的な部分で間違いがあるだろう、と片手でこめかみを押さえる。

自分を見上げて狼狽える白銀と、腹の底から深いため息を吐くレイに、つり下げられたままの珠は、とりあえず降ろしてくださいと頼んで放してもらった。

「無自覚でやってたのかよ……。そういゃあ、秋から冬にかけては狐の求愛シーズンだ。思わず気分が盛り上がっちまったってとこか……」

『白銀様？　師匠様？　何がどうしたっていうんです？』

白銀は、珠を見つめたかと思うと目を逸らし、逸らしてはまた盗み見るといった感じで要領を得ない。

仕方なく、レイを見上げてみると、レイもきまりが悪そうに頭をかいて俯く。しかし白銀よりは冷静そうなので、訊ねてみることにした。

『あの……さっきの修行は、何か問題があるやり方だったのでしょうか？』

「後ろ脚で立ち上がって一緒に踊ったり甘噛みしたりし合うのは、番《つが》う前に狐がする行動なんだよ！」

『……『つがう』って、何ですか？』

「番う——人間風に言うと、結婚するってことだ」

『え？　……それは、つまり……』

「白銀はおまえに結婚を申し込んで、おまえはそれを受けちまってたんだよ！」

『け、結婚？』

聞いたとたんに、珠のしっぽもぶわりと膨らむ。

白銀を振り返ると、戸惑いに潤んだ眼差しで見つめられ、火がついたみたいに顔が熱くなった珠は、慌てて視線をレイへと向け直す。

『で、でも、それは無理な話です！　意味がありません。だって僕も白銀様も雄だし、猫と狐で種族も違います！』

自分で言った言葉が、イラクサの棘《とげ》みたいにチクチク痛い。

だけどそれは、どうしようもない真実の羅列。どんなに痛くても、胸に留めておかなければならない。

そうでないと、白銀に迷惑がかかる。

自分みたいなちっぽけな猫に、うっかりでも求愛してしまったなんて他の狐に知られたら、これまで白銀が懸命に守り続けてきた『立派な銀狐』のイメージに傷がつく。

それだけは避けなければ。

——きっと白銀は、久しぶりに本体に戻ったせいで、本能に支配されただけ。

必死に訴える珠の言葉に、ようやく顔を上げた白銀も静かに頷く。

「……そうだね。求愛に、見えたかもしれないけど——そんなつもりはなかった。私はただ、珠ちゃんの訓練になればと思って……ただ……それだけだよ」

毛羽立っていた銀色のしっぽは普段どおりに戻り、落ち着いたいつもの穏やかな白銀の眼差しが妙に寂しくて、今度は珠の方が白銀から視線を逸らしてしまう。

白銀と珠との間に立ったレイは、重く澱《よど》んだ空気にのし掛かられたように肩を落とした。

「なあ、白銀。おまえ、前に俺が見せた『人間になった珠』の姿を見て惚《ほ》れたわけじゃないよな？　あれだけ可愛けりゃ、雄でもいいと思ったのかもしれねぇが、あれはあくまでもこんな感じってだけで、あんだけ美形になると決まったわけじゃないんだぞ？」

「それは分かってる。確かに人型になったときの珠ちゃんは可愛かったけど、珠ちゃんは今のままでも十分に可愛い」

「どうだかねぇ……んじゃ、もう一回。今度は念入りに慎重にやってみるから、見てろ」

『え？　師匠様？』

かがみ込んだレイは珠の額に手を当て、金と青に輝きだした目でじっと珠を見据える。

その眼差しに捕らえられたみたいにレイの目を見つめれば、覚えのある感覚に襲われた。

『ンニャ……んん！　……ん？』

中からわき上がる熱が弾けるみたいに肢体へ広がり、気が付くと珠はまた二本の足で立っていた。

「僕……また、人間に？」

「……あの、レイ？　どの辺がどう前と違うのか、分からないんだけど……」

「あー……俺様はやっぱり正しかったってことか」

珠を見上げる白銀は困惑気味にしっぽを揺らし、レイも自画自賛しつつ眉間にしわを寄せて頭をかく。

鏡がないので珠にはどうなっているのか分からなかったが、どうやら以前とほとんど変わらない姿の人間になったらしい。

そんな自分を、白銀が金色の目でじっと見つめている。それが何故だか恥ずかしくって、珠は頬がかあっと熱くなる。

頬を染める珠と、潤んだ瞳で珠を見つめる白銀を見て、レイは深いため息を吐いて二人に背を向けた。

「……勘弁しろよ。俺は他人の色恋に首突っ込むなんて、面倒なことはしたかねぇんだ……」

「あの……師匠様？」

「――月が出てる間はその姿でいさせてやるから、明日っからは真面目に修行をすんだぞ」

何やらぼやくレイの言葉がよく聞こえなくって声をかけると、レイはくるりと振り返り、ぶっきらぼうにそれだけ言って山を下りていった。

上弦の月は、すでに西空に傾いている。

日付が変わる頃には、地平に沈んでしまうだろう。

ほんのわずかな時間だけれど、人間の姿と言葉で語り合える機会だからと、白銀も人間の姿に化けて服を身につけた。

正面に立った白銀を見上げれば、何故だか気まずげに見つめ返される。

「手を、つないでもいいかな？」

「手ですか？　はい。どうぞ」

珠が両手を差し出すと、片方だけでいいからと右手を握られ、そのまま山頂に向かって歩きだす白銀と歩を合わせる。

つなぎ合った手の温もり、踏みしめる枯れ草の音——いろんなものを感じながら、互いに無言で進む。

ただ歩いているだけなのに、珠の心臓は全力疾走しているみたいに早鐘を打つ。

白銀に変に思われないよう、珠は必死で平静を装おうと意識してゆっくりと息をして気を静める。

いつもの抱っこの方が触れている部分が多いのに、どうしてこんなに緊張してしまうんだろう。

触れ合っているのが一カ所だけなせいで、そこに意識が集中してしまうのかもしれない。視線を落とし、つないだ手を見つめる。

自分のものとは思えない、人間の手だけれど、確かに白銀と自分をつないでいる。

髪をなぶる夜風の冷たさが、つないだ手の温かさをより強く感じさせて、このままずっと白銀とこうしていられたらと思ってしまう。

白銀はどう思っているのだろうと見上げれば、目が合った白銀は優しく見つめ返してくれる。

「一度、珠ちゃんとこんな風に、手をつないで歩いてみたかったんだ」

「手をつないで歩くって、どういう意味があるんですか？」

こんなにどきどきするなんて、これも何かの儀式だろうかと訊ねる珠に、そんな大げさなものではないけどと微笑んだ白銀は、すぐに笑顔を消して真顔になる。

「動物園で、手をつないで歩く人間の恋人たちが、うらやましかったんだ。とても楽しそうに見えたから。実際にやってみると、何故だか分からないけど、心がうきうきして、楽しい気分になるね」

「そうですね。こうして手をつないでいると、なんだか楽しいというか、嬉しい気持ちになってきます」

その気持ちのままに握った手に力を込めると、白銀も強く握り返してきた。

こんな小さな動作ひとつで、同じことを考えていると感じ取れて嬉しい。ふわりと心が舞い上がるみたいな浮遊感は、抱っこされたときの感覚に似ていて、珠は手をつなぐことが抱っこと同じくらい気に入った。

　しかし、自分を見上げて微笑む珠に、白銀は何故か悩ましげに眉根を寄せた。

「動物園では、みんなが私を見てくれる。だけど、私だけを見つめてくれる人間はいない。

銀狐としての私を尊敬してくれる狐はたくさんいるけど、ただの狐として接してくれる狐はいない。珠ちゃん……せめて君だけは、私をただの狐と思ってくれないか？」

「白銀様は、僕にとってただの狐じゃありません。とっても大事な方です。ママと同じくらいに大好きですから！」

「同じかぁ……」

　珠の笑顔に、複雑そうな面持ちで目を細めた白銀は、肩を落とす。

「あの？　白銀様？」

「君の一番になりたいよ」

　珠の頬を優しく撫でていた手に力を込めて、白銀はかすかに珠を上向かせた。

　じっと見つめてくる白銀の眼差し。

　今はお日様みたいな金色ではないのに、見つめ合えば焦がされるほどに胸が熱くなってくる。

「珠ちゃん……」

　熱い眼差しに甘い声で名前を呼ばれると、身体ごと溶けていくように力が抜けていく。

「白銀様……う……ん？」

「珠ちゃん？」

目の前がちかちかまぶしくて、目を閉じたままくったりと白銀の胸にもたれかかれば、その身体を抱き留めていた白銀の腕の中にすっぽりと収まってしまう。

『あ、あれ？　……元に、戻っちゃった』

「まさに、ツキに見放された気分だ」

なんだか嘆いて空を見上げる白銀と同じように空を見渡しても、星をちりばめた闇が広がるばかり。

もう月が沈んでしまったのだ。

また、白銀と手をつなぐこともできない、ちっぽけな猫に戻ってしまった。

さっきまでの白銀の温もりが消えた小さな肉球を見つめれば、楽しかった気持ちまで身体と一緒に萎《しぼ》んだかのような無力感に襲われる。

「……もう今日は帰ろうか——どうかした？」

『自分で歩きますから』

珠を抱いたまま歩きだそうとする白銀の腕から、珠はするりと抜け出した。

——白銀と見つめ合い、ずっと一緒にいたい。

だけど、みんなに尊敬され愛されている白銀を、ただの猫でしかない自分が独り占めする

ことなどできない。

その事実の重さを、珠は小さな身体で何とか受け止めようと、四本の脚でしっかり大地を踏みしめて歩きだした。


今日はレイに修行をつけてもらう日。

猫又になるべく、真剣に修行だけに集中すると決めた珠は、動物園のゲートの下をするりと抜けて中へ入り、レイの待つ事務棟へと急ぐ。

その途中で、四十代半ばほどの男女と行き合う。

まるきり人間にしか見えないが、彼らはマレーバクを演じている狸の夫婦だ。

「おや、珠ちゃん。今日も来たのかい。毎日熱心だね」

『こんばんは、ポンさん。美々《みみ》さん』

「早く猫又になれるといいわね。じゃあ、バイバーイ！」

通い続けるうちに、飼育員の人間や他の動物たちも珠に挨拶の声をかけてくれるようになった。だが猫語が分かるのは一部の飼育員だけで、他の狐狸と会話はできない。

早く、ママだけじゃなく、みんなとおしゃべりができるようになりたい。

白銀と一緒にいても恥ずかしくない、立派な猫又になりたい。

猫又を目指す理由が、どんどん増えていく。

珠はそれを励みに変え、陽気な二人に別れを告げて駆け足で進む。

「あのっ、珠さん！」

また呼びかけられて振り向いた先には、柔らかそうな細い黒髪の十代半ばほどの少年が立っていた。

『君は、狐の檻にいた……？』

この姿に見覚えはないが、狐の檻の前で彼の匂いを嗅いだ。確か、園長に挨拶して注意を受けてしょげていた狐だ。

何の用だろうと近付く珠に、彼は丁寧に頭を下げる。

「僕、リクといいます。えっと……向こうで白銀様がお呼びです」

『白銀様が？　何のご用だろう』

「こっちです……早く来てください。お願いします」

なんだかやけにおどおどしたリクが、気の毒になってしまう。それに白銀が呼んでいるなら待たせるわけにはいかない。

遅くなるとレイに叱られると思いつつも、先を急ぐリクの後を珠は黙って追った。

リクが跳び越えた柵を珠はくぐって追いかけ、お客さんが入らない場所へと進んでいく。

そこには倉庫らしき建物と小さな池があり、水鳥の餌となる鯉《こい》などの川魚が飼育される生《い》け簀《す》があった。

こんな場所に来たのは初めてだ。

どうして白銀はこんなところに呼び出したんだろうと辺りを見回せば、建物の陰からすっといくつかの人影が現れた。

『この人たちは――』

「ご、ごめんなさい！　えっと、本当は、白銀様じゃなくて、雪也様が……あなたを、お呼びで……」

雪也の名を出せば警戒されるから白銀の名前で、こんな気の弱そうな狐を使いに寄越したのだ。

レイから『狐には気を付けろ』と警告をもらっていたのに、リクの様子があんまり一所懸命だったので、疑うことなく付いてきてしまった。

自分のうかつさが、我ながら嘆かわしい。

どう考えても危険な状況に、さすがの珠も逃げようとしたけれど、雪也と四人の男に取り囲まれて逃げ場がない。

二十代前半ほどの彼らは、みんな狐だ。珠に対する悪意を隠そうともしない。黒い耳をピンと立て、山吹色のしっぽをくねらせる。

鋭い眼差しで睨み付けながらじりじりと輪を詰める男たちに追い込まれ、珠は雪也と向き合った。

『あの……な、何のご用ですか？』

「おまえみたいなとろいチビが猫又になれるはずもないのに、毎日毎日ここへやってこられたら迷惑だって、言ったよね？」

『確かに、僕は身体も小さいし敏捷《びんしょう》でもないですが、それでも猫又にならなくちゃならないんです！　レイ様に、白銀様まで協力してくださってるんですから――』

「ウニャウニャうるさい！　このバカ猫！」

雪也も猫語は分からないが、何やら言い訳をしているのは分かったのだろう。絶対に諦めないと言おうとした言葉を、激しい口調で遮られる。

「兄様は園長に頼まれたから、だから仕方なくおまえなんかの相手をしてくれてるんだ！　それを調子に乗って、疲れ切るまで相手をさせて！　おかげで兄様のお仕事に支障が出てるんだよ！」

「最近、お客から『パンダが寝てばかりでつまらない』なんて言われてるんだ。おまえのせいで、あの完璧な白銀様が……お労《いたわ》しい」

『ええっ！』

後ろに控えていた狐からの指摘に、珠は驚愕《きょうがく》に目を見開いた。

『白銀様が……そんな……』

確かに、自分は夜の修行で疲れても、日中には好きなだけ寝ていられた。だが、白銀やレイには仕事があるのだ。さらに、白銀は珠と話をするため猫語の勉強までしていたから、睡眠時間が足りなくなっていたのだろう。

白銀の厚意に甘えてばかりの自分に雪也が怒るのは当然と思えて、珠は反論もできずに項垂《うなだ》れた。

「兄様はこの園のアイドルで、みんなの憧れなんだ！　独り占めするなんて許さないんだからな」

激高した雪也の双眸は金色に輝きを放ち、銀色のしっぽと白い耳も現れる。

攻撃態勢に入った針のように細い瞳孔の金色の目で見つめられると、珠の耳もヒゲも緊張と恐怖でぺったり後ろに倒れる。

「目障りなんだよ！　もう二度とここへは来たくないって思わせてやるからな」

「え？　駄目です、雪也様！　ぼ、暴力とか、乱暴なことは――」

「うるせえ、この山育ちの田舎狐は引っ込んでろ！」

こんなことになるとは思っていなかったらしいリクは、雪也と珠の間に入って止めようとする。だが、雪也の隣にいた金髪の男は、リクの肩を摑んで突き倒した。

「きゃぃん！」

『リクくん！』

「おっと、人の心配してる場合かよ」

砂埃《すなぼこり》を上げて地面に倒れ込んだリクの元へ向かおうとしたが、回り込まれた。それに男たちの獲物を狙う鋭い眼差しは、リクではなく珠に注がれている。

自分から離れた方が彼は安全だろうと、珠はリクとは逆方向へじりじりと後退《あとずさ》る。

「白銀様がお優しいからって、猫ごときが気安くまとわりつきやがって！」

『確かに僕は、白銀様のご親切に甘えています。だけど、猫又になれましたらきっとご恩に報いますから！』

「おらっ！　二度と白銀様と雪也様のお目に触れるところに来るんじゃねぇぞ！」

猫の言葉は通じないし、通じたとしても相手は聞く耳は持たないだろう。

問答無用で蹴りを繰り出してきた男の足を避《よ》けると、避けた先にいた男が摑みかかってきた。その手に思いっきり爪を立てる。

「くそがっ！　引っかきやがった」

鋭い切れ味は爪研ぎの成果だ。しかし、反撃したことで余計に激高させてしまった。

三方から一気に飛びかかられ、一人には嚙みつけたが、もう一人に首根っこを摑まれる。

そして、残った一人が珠の腹部を殴りつけた。

『ニャッ——』

ぶら下げられた状態だったので致命的なダメージにはならなかったが、それでも急所である腹部への一撃は堪《こた》える。

だらりと力を失った身体を、男たちはおもしろそうに揺さぶった。

「ははは、ざまぁみろ」

「ちょうどいいや。そこの池に沈めっちまおう」

「え？　なにも、そこまですることはない」

珠が翻弄される様を満足そうに見物していた雪也も、それはさすがに躊躇した。

だがさっき珠に引っかかれた男は、珠をぶら下げていた男から奪い取り、池の中央めがけて放り投げた。

珠はとっさに身体を丸めて着地の体勢に入ったが、放り投げられた先に地面はない。

バチャンと大きな水音と共に、全身に衝撃を受ける。その直後に、みっしり生えた冬毛でも防ぎようのない冷たい水を身体に感じ、珠は一気にパニックに陥った。

十二月の水は、凍るように冷たい。脚をばたつかせて岸へ向かおうとするが、がぼりと水を飲んでしまう。

冷たい。苦しい。動けない。

幼い日に死んでしまった兄弟たちのことが、不意に脳裏に浮かぶ。

みんなのところに行けるんだろうか——そんな思いが過《よ》ぎって一瞬身体の力が抜けそうに

なった。

けれど、自分が戻らなければママはどれだけ心配するだろう。そう思い直し、珠は寒さが染み渡り上手く動かなくなった脚を、ママの元へ帰るためにと必死で動かす。

それでも身体は、少しも前へ進まない。

周りの景色がひどくぼんやりとしてきて、その代わりに、たくさんの猫や人たちの顔が脳裏に浮かぶ。

ここで死んで猫又になれなかったら、師匠様を失望させるし、応援してくれた近所の猫たちも、きっとがっかりするだろう。親身になってくれた白銀も――。

『……白銀、様』

最後に、一目だけでも会えたら。あの美しい金の目と白銀のふかふかしたしっぽを想うと、心の中は温かくなる。

だけど、そんなわずかな熱も奪い取る水の冷たさは、痺《しび》れるような痛みに変わり、岸辺の狐たちの声も遠のいて――珠の全身は、水の音に包まれた。


水音が消え、珠の姿も消えた――。

しんっと静まった世界で、雪也は呆然《ぼうぜん》と立ち尽くしていた。

「し、沈んじゃった……?」

「雪也様に盾突いた罰ですよ」

「あいつが悪い。でも！　さすがに死んじゃったら……兄様が悲しむ……」

「このまま沈んでしまえば、分かんないですよ」

「もういい。十分に身の程をわきまえただろう。助けてやれ！」

「え？　でも……」

泳ぎが得意な狐でも、身を切るような冷たい水には入りたくない。互いに目線でおまえが行けと牽制し合う取り巻きどもに焦《じ》れたように、雪也は自ら池に足を踏み入れた。

「雪也！　何をしている！」

「え？　兄様！」

駆け寄る白銀の後ろには、ぜえぜえ息を切らしたリクの姿がある。リクは雪也たちを止められない代わりに、白銀を呼んできたのだ。

燃え立つような眼差しを向ける白銀に気圧され、狐たちはただ後退る。

「珠は何処だ？　――珠？　珠！」

岸から三メートルほど離れた池の中に、かすかに見える黒い物に気付いた白銀は、逡巡《しゅんじゅん》なく池に向かって走り込む。水をかき分けて太ももまで水に浸かりながら進み、沈み込んでいた珠の身体を水の中から救い上げた。

「珠！　珠、しっかり！」

「に、兄様！　これは、その……」

「どけ！　珠……もう大丈夫だ。目を開けて」

おろおろするばかりの雪也を押しのけて岸へ上がった白銀は、ぐったりとした珠の頬を軽く叩いたがまったく反応がない。

「珠っ！」

呼吸が止まっているのに気付いた白銀は、珠の身体を横抱きにして指を珠の口の中にねじ込むと、珠はこぽっと水を吐き出した。

それに安堵の息をついた白銀だったが、珠はそれきりぴくりとも動かない。

「呼吸が、止まってる――」

白銀は立ち尽くす周りの狐たちには目もくれず、珠を腕に抱いて事務棟へ走った。

動物園には常駐している獣医が一人と、提携病院から派遣される獣医が一人いる。

特に常駐の田村《たむら》は、真面目で人当たりのよい四十代の働き盛りで、みんなに頼りにされている。

この時間なら、まだ事務所に残っているはず。

「田村先生は？」

「先生なら、今日はお休み――どうしたの？　びしょ濡れじゃない！　珠ちゃんまで？」

「休み？　そんな……」

書類から顔を上げた女性職員の坂上《さかがみ》は、ずぶ濡れの白銀を見るなり、棚の方へ走っていき、バスタオルを何枚も抱えてきた。

「先生の娘さんが、インフルエンザに感染されたの」

新型のインフルエンザは人だけではなく猫にも感染するため、動物と接触する飼育員や獣医は、本人ではなく家族に感染者が出た場合でも、動物園への出入りは禁止される。

田村ならまだ残っている時間だが、派遣の獣医は定時の五時で帰ってしまっていた。

「珠！　しっかり。息をして。がんばるんだ！」

田村がいないなら、自分が何とかしなければ。

タオルでくるんだ珠を横向けに寝かせ、太ももの内側にある股動脈に触れて脈を確認すると、微《かす》かにだが脈は感じ取れた。

それでも、珠の呼吸は止まったまま。

白銀は、息が漏れないように珠の鼻も口もすっぽりと覆うほど大きく口を開け、マウストゥノーズの人工呼吸で息を吹き込む。

珠のお腹が膨らんでへこむのを確認しながら、何度も何度も繰り返す。

「何の騒ぎだよ――白銀？　珠！」

珠が来るまで園長室でだらけていたらしいレイも、騒ぎに気付いて園長と共に事務所に現れた。そこで目にした白銀と珠の姿に、驚いて駆け寄ってくる。

「何があった！　溺《おぼ》れたのか？　どうしてこんな……園長！　ドライヤー持ってこい！」

「分かった。坂上さんは、田村先生に電話で対処法を聞いて！」

「は、はい！」

レイは突然の出来事に混乱したが、理由を聞くよりまずは蘇生《そせい》だと頭を切り替えたようだ。園長も素早く行動を起こす。

「珠、目を開けろ！　おまえは猫又になるんだろう？　しっかりしやがれ！」

ドライヤーを待つ間、レイは人工呼吸を受ける珠の身体をさすりながら、呼び戻すべく声をかける。

その呼びかけと刺激が効いたのか、珠はぴくりと痙攣《けいれん》して、自力で一つ大きく呼吸をした。

「珠！　えらいぞ」

「た、珠ちゃん……戻った……戻ってきて、くれた……」

珠の身体は小さく弱々しくだが上下し、呼吸し始める。それを確認して、白銀は緊張の糸が緩んだのか、床にぺったりと座り込む。

レイは、その肩をよくやったとばかりに強く摑んだ。

しかし、珠の身体はつめたく冷え切ったまま。一息つく間もなく、白銀は乾いたタオルでくるみ直して温める。

「ドライヤーを持ってきたよ！」

園長は白銀の後ろから珠に温風を吹きかけ、濡れた毛を乾かして温める。

そうしている間に、田村と連絡がついたようで、坂上が携帯電話で通話しながら指示を伝える。

「濡れたまんまじゃ体温が奪われるから、まずは乾かして。それから四十一度程度のお湯をペットボトルに入れて、身体を圧迫しないようにくっつけて、ゆっくり温めろ――っておっしゃってます」

外側から急激に温めると、冷たい血液が循環して中心体温が下がるので危険。マッサージなどをして筋肉を動かすのも、末梢《まっしょう》血管が開いて血圧を低下させる可能性があるのでしないい方がいい――電話越しの指示に従い、焦る気持ちを抑え、呼吸を確かめながら、ゆっくりじんわりと温める。

「珠？」

ぬるくなったペットボトルを替えようとタオルをめくったとき、白銀は珠のまぶたがぴくりと動いたのに気付いた。

「珠、珠！　しっかり！　目を開けて！」

その場にいる全員が、期待に満ちた目で見守る中、珠はかすかに目を開いた。

「珠！」

「あっ、こら！　どけっ、見えねぇだろ！　珠！」

感極まって思わず横たわる珠に覆い被さって抱きつく白銀を、レイは後ろから引きはがしにかかる。

そんな二人の様子を、珠は半開きの目で見つめていたようだが、またふんわりとまぶたを閉じて、穏やかな寝息を立て始める。

「こらこら、君たち。そんなにうるさくしたら、珠ちゃんが寝られないだろ」

まだ意識はもうろうとしているが、命の危機は脱した珠を今はゆっくり休ませてやろう、ともっともな園長の意見に、レイと白銀はようやく珠から離れた。

「服を着替えてこいよ。ずぶ濡れじゃねぇか。——指をどうした？　血が出てるぞ」

「ああ……水を吐き出させるときに、珠ちゃんの牙で引っかけたみたいだ」

指摘されて、初めて白銀は自分の右手の中指に傷を負っているのに気が付き、血を舐めとって止血する。

「……大丈夫か？」

天変地異の前触れかと思うほど珍しく、傷を気遣うレイに、白銀は驚きつつも微笑んだ。

「ありがとう。大丈夫。それに、珠ちゃんを助けられたなら、指の一本くらいどうということはないよ」

——珠を失うところだった。そう思ったら、白銀は心を引きちぎられるみたいな恐怖を感じ、今更ながら身体が震える。

だがもう大丈夫。安心して、初めて白銀は自分の身体も冷え切っていることを自覚した。

着替えに行こうとして、白銀は事務所の入り口で立ちすくんでいる雪也の姿に気が付いた。

彼の足元も、ぐっしょりと濡れたままだ。

「雪也……おまえも濡れてる。着替えなさい」

予想もしなかった優しい言葉をかけられたせいか、びくりと身体を震わせた雪也は、気まずげに視線をさまよわせる。

「僕は……あそこまでするつもりはなかったのに……あいつらが、勝手にやったんだ！」

白銀の視線から、逃げながら言い訳する。いつもまっすぐに自分を見つめてきた弟の卑屈な様に、白銀の心には怒りより罪悪感がわく。

「おまえなら、彼らを止められただろう？　だけど……おまえが私を想ってしたことならば、これは私のせいだ。……すまなかった」

頭を下げる白銀に、雪也は何か言おうとしたけれど言葉が見付からないのか、もどかしげに首を振り、無言のまま踵を返して走り去った。

「——この事態は、雪也くんが引き起こしたんだね」

「そうです。ですが、責任は私にあります」

動物園内で起こった事件について、園長に嘘を付くわけにはいかない。

問いかけに、正直に答えつつも雪也をかばおうとする白銀に、園長は眉根を寄せて微かに首を振る。

「白銀。そうやって君がかばうことが、あの子の成長を妨げているんだ。本当に彼のためを思うなら、彼に罪を償わせるべきだよ」

園長のもっともな忠告に返す言葉もなく、白銀は項垂れるしかなかった。

結局、雪也と共に珠に乱暴を働いた狐たちは、園内に残っていた職員が身柄を確保し、とりあえず自宅謹慎の処分となった。


珠《たま》の容体が落ち着いたのを見届けると、みんなで看《み》ているより交代で休んだ方がいいだろうと、白銀《しろがね》とレイを残して坂上《さかがみ》と園長は朝には交代しに来るからと帰っていった。

「おまえもちょっと寝ろよ」

「いや。珠ちゃんを見ていたいから。レイこそ休んだら？」

「俺は徹夜に慣れてんだ」

静かに牽制《けんせい》し合う二人の前で、それまで大人《おとな》しく眠っていた珠が、ぴくぴくと身体《からだ》を震わせる。

「珠？」

「ん？　――ああ、くそっ、マジか！」

まだ寒いのかと単純に思った白銀と違い、レイは深刻な表情を浮かべた。

「変化が始まったんだ！　猫又への変化が！」

呼吸が止まって、死にかけたことが引き金になったらしい。確かに珠の身体はただ震えているだけではなく、しっぽが異様に波打ち、白銀にでも分かるほど顕著に変化の兆しが見え始める。

「珠！　しっかり！」

「触るな！　手出しするんじゃねぇ。気が逸れちまう！」

とっさに珠を抱き上げようとした白銀を、レイが押しとどめる。

「これで、珠ちゃんは猫又になれるんだよね？」

「……珠が怖がるといけないから言いやしなかったが……まれに変化に失敗して、そのまま死んじまう奴もいるんだ」

「そんな……」

あくまでもまれなケースだとレイは強調したが、その顔色の悪さから事態の深刻さは察することができた。

「普通なら、数日前から体調に変化が出るから、それに合わせて身体を休めて準備をするものなのに——あのバカ狐《ぎつね》どものせいで！」

珠は身体も心も準備が不十分なまま、変化の時を迎えてしまった。

レイは悔しげに拳《こぶし》を握りしめたが、今更言っても仕方がない。

「珠ちゃん！　がんばって！」

変化が始まってしまえば、外野にできることはない。声をかけ、名前を呼び続けることしかできない白銀たちの前で、珠の身体は内側から発光しながら、光の広がりと共に大きくなっていく。

珠のうつろだった表情が苦しげに変わったのに気付いた白銀は、素早く視線を走らせ、原因に行き当たる。

「まずい！　首輪が！」

自分たちはつけていないせいで、首輪の危険性を見落としていた。このままでは首が絞まってしまう。

だが今から外す暇はないと、白銀は鋭く変化させた爪で革製の首輪を切り裂いた。

「間に合ったか……」

「ああ。……何とか」

大丈夫だったか、珠に触れないよう目をこらして首を確認すると、内出血を起こしてはいたが大事には至っていないようだった。

その間も変化は続き、珠の身体は質量を増していく。

体毛は産毛へと変わり、髪の毛は逆に豊かになる。手足も、すんなりと長く伸びていった。

「……俺の予想どおり……っつーか、それ以上か？」

レイが感嘆するのも無理はない。

毛布の上で胎児みたいに丸まる珠は、体力を消耗して弱っているせいか、レイが予想した姿より、さらにたおやかで艶《つや》めいた色香を漂わせる青年に変わっていた。

白くなめらかな肌に漆黒の髪が汗で張り付き、伏せた豊かなまつげも涙に濡《ぬ》れて、朝露をまとった花のつぼみを思わせる可憐さだ。

「この耳としっぽは、引っ込まないものなの？」

珠は猫又への変態を終えたようだが、耳は猫のままで、きれいに二本に分かれたしっぽも消えていない。

その状況に、レイも首をひねる。

「普通は変化時に消えるもんなんだが……なにせ変則的な変化だったからなぁ。まあ、きちっと妖力が使えるようになりゃ、消せるようになるさ」

大したことじゃないとレイはさらりと受け流したが、素敵なしっぽが目の前に二本という状況に、白銀はそわそわと浮ついた気分だった。

珠なら、猫耳もしっぽもきちんと消えた、ちゃんとした人間に早くなりたがるはず。なのに白銀の心には、ずっとこのままならいいのになんて邪《よこしま》な想いがわき出て、必死にそれを抑え込んだ。

変化が治まったのを見計らって事務所の隣の仮眠室へと移動し、畳の上に敷いた布団に珠を寝かせた。

枕元に膝《ひざ》をついたレイは目を細め、静かな寝息を立てる珠の頭を撫《な》でる。

「よくがんばったな、珠。ばあさんの相手は俺がしといてやるから、安心してゆっくり休め」

「そうか。朝までに珠が帰らないと、珠ちゃんのママが心配するね」

レイの心配りに、白銀は自分が思った以上に動揺して頭が回らなくなっているのを自覚した。

自分のことを、こんなに役立たずと思ったことはない。珠のことになると、どうしてこんなに動揺するのか。

落ち着こうとした白銀だったが、レイは狙ったようにまた白銀が動揺するようなことを言ってくる。

「おまえは、珠に添い寝しててやれ。——だが、変な真似《まね》はするなよ？」

「なっ、変な真似って！」

「きれいなしっぽが二本もついた絶世の美青年、しかも全裸だ。心配もするさ」

心配と言いつつおもしろそうに喉《のど》の奥でくくっと笑うと、何か反論しようとするが口をぱくぱくさせるだけで何も言えない白銀を放置し、レイは珠の切れた首輪をテープで応急処置する。

「これ、後でつけてくれよ」

言うなり、レイの身体はいつもながらの白く美しい猫へと変わっていくが、今日はそこからさらに、白い毛並みが墨に染まるかのように漆黒へと変化する。レイの特徴の先の曲がったしっぽもすらりと伸びて一本に収束し、目も鮮やかな緑色へと変わった。

「どうよ？　この化けっぷり」

「……顔つきが全然違う。珠ちゃんは、もっと可愛《かわい》い」

「……ンニャン」

得意満面なところを駄目出しされ、レイは小さな鳴き声を上げて耳を伏せ、悲しげな潤んだ眼差《まなざ》しで白銀を見上げた。

「あ、ご、ごめん！　――その顔は反則だろう……」

とっさに謝って抱きしめようと手を出しかけ、これはレイで、あの表情は計算してやっていると気付いた白銀は、決まり悪げにむくれ顔をした。

珠の赤い首輪をつけると、レイは白銀でも見間違うほど珠とそっくりになる。

「見たか！　これぞ猫又の底力！」

ふふんっと得意げにしっぽをくねらせるレイに、完敗した白銀はがっくりと肩を落とした。

珠に化けたレイを送り出すと、白銀は珠と二人きりになった。

しんと静まりかえった仮眠室は、妙に落ち着かない。白銀も布団に潜り込み、毛布にくるんだ珠を胸に抱いて横になったが、眠気はさっぱり訪れない。

今までだって、何度も二人きりで会っていた。全裸といっても、猫のときはそれが普通なのだし、気にすることじゃない。

そう自分の心に言い続けなければ平常心を保てないほど、白銀の心は乱れていた。

珠をくるむ毛布をめくって、二本になって美しさも二倍になったしっぽが見たい。触りたい。

——何もしない。ただ、ほんのちょっと見るだけなら……。

誘惑に駆られ、そっと毛布をめくりかけた時、珠の首についた赤い傷が目に飛び込んできた。

「この傷……早く治ればいいけど……」

首に赤い筋状の内出血。ほんの三センチほどだが、白くたおやかな首についた傷は痛々しくて、見ているだけで辛《つら》くなる。

「珠……」

後頭部に手をあてがい、反らした首に顔を近付けると、白銀は傷跡にゆっくりと舌を這《は》わせた。

舐《な》めれば、傷の治りが早くなる。だからであって、邪心はない。——そう自分の心に事訳するが、いつもの毛繕いとはまったく違う素肌の感触に、鼻息が荒くなる。

艶やかな肩に浮き出た鎖骨、すべてが白銀を魅了して目が逸らせない。

「可愛い、珠……っ」

愛《いと》しさがあふれて、もっと触れたい欲求がふくれあがる。

だが、これ以上は駄目だ。治療の域を逸脱している。

爪が食い込むほど強く拳を握りしめて、白銀は邪な本能を抑え込んだ。

「珠……」

温かな気配に包まれているのに、震えが走るほど切ない声を吐息も感じるほど近くに聞いて、珠の心も切なくなる。

——そんなに辛そうに呼ばないで。愛しくて、抱きしめたくなるから。

「ん……んぅ……」

「珠？　珠！」

身じろぐと、より強く抱きしめられる。

優しくて力強い声の主を確かめたくて、珠は錆《さ》び付いたみたいに重いまぶたを、懸命に持ち上げた。

「しぉがね……さぁ、ま？」

「珠ちゃん！　よかった。気が付いたんだね」

いつ見ても美しい白銀の顔が、安堵《あんど》に緩む。その顔があんまり嬉《うれ》しそうだから、珠は訳も分からないまま微笑《ほほえ》んだ。

――気が付いたって、何のことだろう？　自分は何をしていて、どうしてここにいるんだろう？

たくさんの疑問が、頭の中をぐるぐる巡る。

「珠ちゃん？　大丈夫？　雪也《ゆきや》がひどいことをして、本当に悪かった」

辛そうな顔でわびてくる白銀の顔を見るのは、珠にとっても辛いことだった。自分の身に何が起こったのか、霧がかかったみたいに不明瞭な頭で懸命に記憶をたどる。

何か、怖いことがあった。怖いのは……水。――雪也の手下に、冷たい水の中に投げ込まれたことが鮮明に蘇《よみがえ》る。

そこで記憶は途切れたが、きっと白銀が助けてくれたのだ。

「う……ニャッ！　あ、あれ？」

思い出しただけで身の毛がよだつ水の恐怖に、思わず自分自身を抱きしめ、珠はそこでようやく自分の身体の変化に気が付いた。

「ぼ、ぼくっ、このすがた！　そえに、こぇ、も……？」

ろれつが回っていない不明瞭なものだが、それでも人間の言葉をしゃべっている。

またレイが術をかけてくれたのかと思ったけれど、どうも様子が違う。

意識しないと自由にならない分、自分の意志でこの身体を動かしていると実感する。

レイに人間の姿にしてもらったときは、借り物みたいに感じた身体が、今は自分自身のものだと思えた。

上手《うま》く動かせなかった手も、強《こわ》ばった指でぐーぱーぐーぱーと繰り返すうち、ぎこちなさは消えてなめらかな動きになっていく。

「にんげんに、なってう？　ぼく……ぼく、ねこまた、に……？」

「そうだよ、珠ちゃん。おめでとう。君は試練を乗り切ったんだ」

「しぉがねさまぁ！」

自分自身の両手で、珠は白銀の身体に抱きついた。

腕の中にすっぽり収まっていた自分が、白銀を抱きしめることができるなんて。

白銀も、珠の身体をこれまでになく強く抱きしめてくれる。

夢にまで見た人間の身体は、なんて素晴らしいんだろうと感激して、目の奥がじんと熱くなるほどだった。

「珠ちゃん……目を覚ましてくれて、本当によかったよ」

「しぉがねさまの、こえ……ずっと、きこえてました」

落ち着いてくると、昨夜のことがぼんやりとだが思い出せた。

身体が熱くて締め付けられるみたいに苦しくって、何もかもかなぐり捨てて逃げたいくらい辛かった。

だけど、逃げてしまったら白銀の声が聞こえなくなる。そう思ったら、逃げださずにすんだ。

レイに園長に坂上の声も聞こえたが、みんなで珠を看護してくれていたそうだ。それに、田村《たむら》も電話越しに応援してくれていたと告げられて、なんてたくさんの人に迷惑をかけたんだろうと、耳がぺしょんと倒れてしまう。

「誰も迷惑だなんて思っていないよ。困ったときはお互い様といって、助け合うのが当たり前なんだ。みんなが困ったときに、今度は珠が助けてあげればいいんだよ」

みんな自分よりずっとしっかりしていて、困ることなんてないように思える。だけど、もしそんなときが来たら、力になれるよう立派な猫又になろうと心を奮い立たせ、珠は力強く頷《うなず》いた。

「元気になったみたいだね。珠ちゃんが元気になることが一番の恩返しだ。今は何も考えずに、ゆっくり休みなさい」

「はい。……あ！　でも、ママのところへ、かえぁないと！」

朝までに帰らないとママが心配すると飛び起きようとしたが、白銀に優しく抱き留められる。

「屋敷には君に化けたレイが行ってくれているから、心配いらないよ」

レイなら、きっとそつなく取り繕ってくれるはず。ほっとしたら身体の力が抜けていく。その身体を、力強く支えてくれる白銀に預けると、安心感がどっと押し寄せて目を開けていられなくなる。

「大丈夫だよ。私もここにいる。一緒に眠ろう」

白銀の胸にすり寄れば、目を閉じても白銀の胸の鼓動に息づかいも聞こえる。

まだ眠っていないのに夢を見ているみたいだと感じながら、珠は深い眠りに落ちていった。


窓から差し込む朝の光に、珠は開きかけたまぶたを再び閉じる。

自分の頭を優しく撫でてくれている手の心地よさが、再びの眠りに誘うのだ。

優しいけれど、ママの手とは違う。まるで、白銀の腕に抱かれているときのような安心感
――半分寝たままの意識が、そこで覚醒した。

自分は昨夜、白銀の胸に抱かれて眠った。人間の姿で――。

いや、それは夢だったのかもしれない。確かめたくてがばっと勢いよく起き上がると、毛布がめくれて白い裸体がさらされる。

「あ……よかったぁ……夢じゃなかった」

「……おはよう。珠ちゃん」

下から優しく挨拶《あいさつ》をされ、珠は自分が白銀の身体に跨《また》がった状態で座っているという状況を把握し、慌てて横の床に飛《と》び退《の》いた。

「ご、ごめんなさい！　おもかったですね」

「いや。珠ちゃんは人間になっても細いから、平気だよ」

「あっ、しっぽ、二ほんになってう！」

白銀はそう言ってくれるが、人間の身体は猫より重い。他にもいろいろと違うはず。人間になった自分の身体をしげしげと見た珠は、腰の付け根から長いしっぽが伸びている、しかも二本も、という状況に驚いて声をあげた。

本当に猫又になれたんだと実感できたのは嬉しかったが、人間にしっぽは生えていない。化けるのに失敗しているようだ。

白銀からは今気付いたのと笑われてしまったが、まったく気が付かなかった。

「耳も猫のまんまだよ」

「ええ？」

慌てて頭に手をやると、そこには髪とは違うふかふかした毛に包まれた耳が。人間なら耳は顔の横に、毛の生えていない状態でついていなければいけないのに。

頭には猫の耳、お尻からはしっぽも生えている。おまけに、おそらくは大事な部位まで出っぱなし。

猫又にはなれたが、自分はとんだ出来損ないだ。そう落ち込んで俯《うつむ》くと、珠の気持ちを察したのか、白銀が優しくしっぽをするんと撫でてくれた。

「珠ちゃんは怖い目に遭って急激に変化してしまったからそうなっただけで、すぐに制御できるようになるってレイが言ってたから、心配いらないよ」

「ホントに？　このせえしょくきも、引っこみますか？」

俯いて股間にある出っ張りを指さすと、つられて見た白銀は一瞬目を見開き、即座に顔を背けた。

「えっ？　あ……いや。それは……人間のは、引っ込まないんだよ……」

「じゃあ、しぉがね様でも出っぱなし？」

「……出っぱなしだよ」

珠から、確認のために見せてほしいと思ったが、どういうわけか白銀は、硬直してひたすら床を見つめているばかり。

「人間って、ふべんですね。じゃまになんないんでしょうか？」

「邪魔だから、人間はパンツを穿《は》くんじゃないかな？」

なるほど、やっぱり白銀は物知りだ。

感心の眼差しを向ける珠をちらりと盗み見た白銀は、妙に落ち着かない様子で視線を泳がせ、机の上に置いてあった携帯電話を手に取った。

「そうだ！　昨夜、園長に珠ちゃんが人間に変化できた報告がてら、写メールを送って君に合いそうな服を買ってきてくれるように頼んでおいたから、持ってきてくれるよ」

「ホントですか？　しおがね様！　……しうぉ、がね……？」

『しろがね』と言いたいのに『しおがね』になってしまう。さっきから上手く発音できない言葉があってもどかしい。

「珠ちゃんは『ら行』が苦手みたいだね」

きちんと名前を呼べないなんて失礼なことだと慌てた珠だったが、白銀は気を悪くするどころか舌っ足らずで可愛い、と楽しそうに肩をすくめて微笑む。

「慣れれば、それもすぐに言えるようになるよ。落ち着いて『らりるれろ』って言ってごらん?」

「ぅらぁ、いぃ、うー、え……おぅーっ……んんんーっ」

ちゃんと言おうとしているのに、舌が上手く動かせていないのか、思うように発音できない。舌の付け根どころか頬まで痛くなってきて、珠は痛みと悔しさに唇を嚙《か》みしめた。

「焦らなくていいから。舌の先を上あごにくっつけて、『ら』って下へ舌を押し戻すみたいに……って、ややこしいかな?」

「あの、しぉがね様の、お口の中、見せてください! 舌の動きをべんきょーします」

「珠ちゃん。君は人間に変化したばかりなんだから、きちんと話せなくても恥ずかしいことじゃない。無理しないで」

「いやです! ちゃんと、しおがね様のお名前を呼びたいです」

白銀の胸にすがりついて懇願すると、白銀は何故か気まずげに視線を逸らした。

そんなに無茶なお願いをしているのだろうかと不安になって、耳がぺったりと後ろに倒れてしまう。

それを見た白銀は、珠の頼みなら断れないねと困った顔から笑顔に変わる。

座って落ち着いてやろうと、白銀は珠の裸の身体を毛布でくるんで床に座らせ、自分もその隣に膝がくっつく近さで座った。

「じゃあ、言うよ。し、ろ、が、ね」

「し、ぅろっ、がね！　しぅお……」

白銀の頬に手を当て、じっと口の中をのぞき込む。赤い舌のなめらかな動きをじっと見ながら、自分も真似して動かしてみるが、どうも上手くいかない。

名前を呼ぶ、たったそれだけのことができないことが悲しくて、鼻の奥までつんと痛くなってくる。それでも練習するしかないのだ。

珠は必死に舌を動かした。

「う……しぅぉ、しお……ううぅ……」

「『ろ』は舌を、上あごにくっつけてから……ああ、上手く言えないな」

どう説明すればいいのか分からないのか、白銀は髪を梳《す》くみたいに頭を抱えて考え込む。

「……珠ちゃん。舌で感じれば、分かるかな？」

白銀は珠の頭を抱き寄せると、珠の唇に自分の唇を軽く合わせた。

「ろ……ろ……」

何をするのかと驚いたが、その状態で『ろ』を発音する白銀の意図に気付いた珠は、自分の舌を白銀の口内に差し込み、舌の動きを感じ取る。

「ろ……ろ」

「んぅ……うろっ、ろ……ろ」

感じた白銀の舌の動きを意識しながら、自分の舌で再現してみると、怪しげながらも『ろ』の発音ができた。

白銀の柔らかくて温かい唇から離れるのを残念に思いながら、少し距離をとってさっきの感覚を思い出しつつもう一度言ってみる。

「し、ろ、がね」

「今、言えたね」

「しーろ、がね、様！　しろ、がね……んぅっ」

やっと言えるようになった名前を、もっと呼びたいのに、また唇をふさがれた。

まだちゃんと発音できていないからだろうか。白銀の舌を探ろうとすると、今度は、白銀が珠の口の中に舌をねじ込んできた。

そのまま舌を絡められると、まるで白銀に食べられているみたいで……なのにとても気持ちがよくて、不思議な気分で頭がぼうっとなってくる。

「んん……？」

白銀の体温、吐息、すべてが心地よくて何も考えられなくなって目を閉じると、自分の身体が内側に向かって引っ張られるような、奇妙な感覚に襲われる。

「ご、ごめん。珠ちゃん……私は……私は……」

「ん……んぅ、にゃ？」

白銀に抱きついていたはずが、しがみつく状態になり、腕の中にすっぽりと抱き込まれてしまう。

驚いて目を開けて自分の身体を見回すと、全身が真っ黒い体毛に覆われている。

どうしてだか分からないが、珠は元の黒猫の姿になっていた。

きっとまだ未熟なせいだろう。

すごく気持ちがよかったのにとがっかりして白銀を見上げると、白銀も同じように残念そうな顔をしていて、同じ気持ちだと分かって嬉しくなった。

残念そうだけど、白銀はさっきまでと変わらない優しさで珠を抱きしめてくれる。

「また、猫に戻ってしまったね。びっくりさせちゃったせいかな？　だけど私は、君が人型でも、猫でも……私は君が――」

「おはよう！　諸君。よく眠れたかなー？」

いきなり勢いよく仮眠室の扉が開いて、珠と白銀は飛び上がらんばかりに驚いた。

聴覚は優れているが、お互い相手に集中しきっていた珠たちには、周りの音が一切聞こえていなかったのだ。

「あれ？　珠ちゃん、もう戻っちゃったの？」

「い、ニャウン……ン、ニャ？」

白銀からのメールで珠の洋服を買ってきていた園長は、猫の姿の珠を見て、せっかく似合いそうな服を見繕ってきたのにと残念がった。

だが、どうして元に戻ったのか、自分でも分からない。そう言おうとしたのに、上手くしゃべれないどころか、珠の言葉は猫語に戻ってしまっていた。

「まだ猫の口では上手くしゃべれないんだね」

猫と人間の口ではまた違うので、こちらも慣れと訓練が必要だそうだ。

『白銀様、また人間の言葉を教えてくださいね！』

「あ、ああ、うん。そうだね。……二人きりのときにね」

何故かこっそりと耳打ちしてくる白銀に首をかしげつつ、珠はまたさっきのように気持ちのいい特訓ができるんだと思うと、楽しみになった。

動物園の開園時間が近づくと、白銀はパンダを演じに出かけた。

レイが不在なので、白熊は控えの狐が朝夕交代で演じる段取りが組まれる。

その他にも、謹慎を食らっている雪也たちの代役も立てねばならず、園長や他の職員たちは大わらわだった。

そんななか、珠だけがのんびりとさせてもらうことに罪悪感があったが、今は無理をしてはいけないと、園長から大人しくしているよう指示された。

実際、急激な変化は相当な負担だったらしく、一眠りのつもりで寝入った珠が目が覚めた時には、もう空が黄昏色《たそがれいろ》に染まっていた。

すっかり日が落ちて夜になると、そつなく身代わりをこなしたレイが屋敷から戻ってきた。応急処置しただけの切れた首輪は、結局外れて落っことしてしまったそうで、レイは詫《わ》びてくれたが仕方がないこと。

余計な気遣いをさせてしまって、申し訳なく感じた。

ママが特注で用意してくれた首輪だったので残念ではあったが、替え玉がバレなかったことにほっとした。

閉園になり、白銀や他の飼育員たちの仕事が終わると、園長は関係者を会議室に集め、今回の事件を起こした雪也たちの処分を検討することになった。

動物園の中で動物たちが起こした事件は、動物園の中で裁かれるのだ。

「事件の首謀者は雪也だけど、溺《おぼ》れた珠ちゃんを助けようと池に入ったそうだね」

雪也は黙秘を貫いているそうだが、聞き取りに応じた実行犯の狐たちが、雪也は止めたが自分たちが珠を池に投げ込んだと供述したため、雪也は減刑の余地があると判断された。

「珠ちゃんは、どう思う？　被害を受けた君が納得いかないなら、減刑はなしってことにするけど？」

『異議はありません』

白銀の膝の上で審議を聞いていた珠は、園長の問いに逡巡《しゅんじゅん》なく答えた。

猫又になれたことに浮かれてすっかり頭から抜け落ちていたが、自分が白銀に迷惑をかけたせいで、雪也は兄のためを想ってあんなことをしたのだ。

自責の念が珠に重くのし掛かる。

少しでも、雪也の罪を軽くしたい。

『雪也さんは、彼らにそこまでしなくてもいいと言ってくれました。それにリクくんも、他の狐を止めようとして突き飛ばされて――彼は大丈夫でしたか？』

「怪我《けが》はないから安心して。あの子は利用されただけだし、白銀に助けを求めに行ったんだから、減刑されていいと思うんだけど、どう？」

『もちろんです！　むしろ、お礼を言いたいです。罰なんて与えないでください』

すぐにでもリクに会いに行きたい気持ちになったが、彼も一応は謹慎中の身ということで、会うことは止められた。

それに無理矢理《むりやり》手伝わされただけとはいえ、嘘《うそ》をついて珠を呼び出したことから、まったくの無罪にすることはできないと言われてがっかりした。

「それじゃあ、雪也とリクは減刑。他は通常の暴行事件と同じ刑罰ということで、異論はないかな？」

園長のまとめに他の飼育員たちも納得し、残り四匹への刑罰についての議論へと話は移る。

雪也がひどい罰を受けずにすみそうなことに安堵してほっと息をつくと、それまで険しい表情で成り行きを見守っていた白銀が、珠の背中を撫でて微笑みかけてきた。

「雪也をかばってくれてありがとう。二度とこんな真似はしないよう、よく言い聞かせるから」

「まあ、あのお坊ちゃまじゃあ、取り巻きどもを失っちまえば何もできまいよ」

レイは、これで平和になるな、とパイプ椅子《いす》の背もたれにだらりと背中を預けた。

結局、雪也とリクは動物園に据え置き。ただし、休日と閉園後に掃除などの奉仕活動を課されることになった。

珠に暴力を振るった狐たちは、ワオキツネザルやマンドリルを演じていたが、アルパカやポニーに役柄を変えて移動動物園への出向となった。

移動動物園は、幼稚園や公園を回るため、子供が好きなら天国だろうが、そうでなければ過酷な仕事だ。

ただ、あちこち行ける上に出張費が出るため、旅行好きやとにかく稼ぎたい狐狸《こり》には、ありがたい職場だという。

とにかく、もう怖い目に遭う危険はない。そう思ったら、珠は肩の荷が少し下りた気分でほっとできた。

会議が終わると、また白銀が車で珠を屋敷まで送ってくれた。

「それじゃあ珠ちゃん。また明日」

『あのっ、明日は……少し家で休息をしたいなと……』

「ああ、そうだね。ゆっくり休んで。体調がよくなったら、また動物園においで」

『……しばらくは、動物園には行きません』

「え？　……珠ちゃん、やっぱり雪也が動物園にいることが怖いから――」

『ち、違います！　そんなんじゃなく、ただ、その……リラックスした方が変化しやすいと師匠様から聞きましたので、屋敷で訓練をした方が上手くいくんじゃないかと思って』

「そうか……そういえば、そうだね」

もっともな話に、白銀は口では納得いったように言ったが、その表情は不満げだ。

自分と会いたがってくれているようで嬉しくなるが、弾む心を抑えつける。

これからは、白銀に迷惑をかけてはいけない！

『一人でも、ちゃんと修行をして、きちんとした人間に化けられるよう、がんばりますから！』

自分の力で誰にも迷惑をかけずに、ちゃんとした猫又になってみんなに恩返しがしたい。

それまでは屋敷で、一人で特訓をしようと珠は心に決めた。

ママの部屋には、床から天井近くまで届く大きな鏡がある。

最近のママは、ここと続き部屋になっている寝室から出てくることがほとんどないので、珠はここの鏡を見ながら、耳としっぽを消す特訓をすることにした。

——人間になった自分を頭に思い浮かべ、力が全身に行き渡るようイメージするといい。

レイから教わったコツに従えば、すぐに人型にはなれるようになった。

だが、耳としっぽは消えてくれないし、目も緑色のまま。

珠は今日も鏡の前に立ち、自分の身体の内側に意識を集中させて、耳としっぽがない自分を想像する。

「変えられる……変化できる。絶対できる！　……よし！　耳が変わった！　しっぽは？　あっ……」

頭は集中しやすいのか、耳はすぐに人間と同じに変化させられるようになったが、しっぽはなかなか消せない。失望に肩を落として鏡を見ると、耳までまたぴょこん、と頭の上に移動する。

苛立《いらだ》ちに、二本のしっぽを摑《つか》んでかみかみと歯を立ててしまう。

「うーっ、コツさえ摑めば自然にできるようになるって、師匠様は言っていたけど……」

人間の赤ちゃんが、はいはいから立っちに移行するには時間がかかるけど、いったん歩けるようになれば、何も考えなくても歩けるのと同じだと説明してくれた。

「だけど……本当にそんな日が来るのかな……」

「珠？」

「はい。あっ！」

考え込んでいた珠は、呼びかけられて初めて、車椅子に乗ったママが部屋に入ってきていたのに気が付いた。

今の珠は、黒い猫耳としっぽの生えた気味の悪い人間でしかない。――そのはずなのに、ママは『珠』と呼びかけてくれた。

これはどういうことか。鏡の前でぽかんと突っ立っていると、ママはゆっくりと車椅子を進めて珠に近付いてくる。

「おまえ……珠だよねぇ」

「ママ！　僕だって分かってくれるの？」

「まあ、言葉まで話せるんだね。……いつもママを見つめてくれる碧《あお》い瞳に、ママのお話を聞いてくれる大きなお耳。可愛い珠を、見間違えたりするもんですか」

ママは嬉しそうに言いながら、何故か口元を押さえてぽろりと涙をこぼした。

きっとこの耳としっぽのせいだ！　こんなものが生えている人間はいないから、気味が悪いんだ。

そう思った珠は、両手で猫耳を押さえしっぽは背中に隠して頭を下げた。

「ママ、泣かないで！　耳としっぽが出たまんまで、ごめんなさい！　がんばって特訓して、ちゃんとしまえるようになるから！」

「ああ……いいんだよ。いいんだ、そんなこと。いいから、こっちへおいで」

「ママ？」

ママの車椅子の前まで行って膝をつき、どうして泣いているの？　と首をかしげる珠に、ママはびっくりしただけだよと微笑んで、裸の珠に自分の膝掛けを肩から羽織らせた。

その際に、珠のしっぽが二本になっているのに気付いて目を瞬《またた》かせた。

「おやおや、このしっぽはどうしたの？」

「あのね、僕、猫又になったんだよ」

「ああ、そういえば、年を経た猫は化けるんだって話を聞いたことがあるよ。二本足で歩いて行灯《あんどん》の油を舐めるんだとか……油を舐めたいかい？」

「油？　そんなの、舐めたくない」

「じゃあ、他に何か欲しい物は……服が必要だわね」

「そうだね。人間には毛が生えてなくて不便だね、ママ」

「本当にねぇ」

素っ裸の珠の姿を見てママはおかしそうに笑ってくれて、珠もつられて笑う。

たわいのない会話を交わしながら、珠は服を着るため隣のママの部屋へ移動する。

その際に、珠がママの車椅子を押す。

これもずっとしてあげたかった珠は、嬉しさにしっぽをくねくねさせて、またママに笑われてしまった。

しっぽがある人間なんていない。ちゃんと化けられない未熟な自分が恥ずかしかったけれど、そのしっぽを見てママが笑ってくれるなら嬉しい。

恥ずかしかった出っぱなしのしっぽを、少しだけ好きになれた。

ママの部屋のクローゼットには、処分できずに残してある夫と息子の衣服がある。

その中から見繕った、だぶだぶのシャツとズボンを着方を教わって身につけ、珠はこれまでの話をママに聞かせてあげることにした。

猫又を探して動物園へ行ったこと。猫又や銀狐に会って修行したこと。

彼らがどれだけ親切で素晴らしいかを、身振り手振りを交えて語って聞かせた。

頷きながら、ママは時折質問を交えて熱心に聞いてくれる。

「ずいぶんたくさん、冒険をしてきたんだねぇ」

「とっても楽しかったよ。そうだ、ママも一緒に動物園へ行こうよ！」

「そうだねぇ。……この足が、動くようになったら、ね」

前屈《まえかが》みになったママは、車椅子頼みの自分の足を頼りなげにさする。珠は、そんなママを元気づけようとガッツポーズを取った。

「大丈夫だよ、ママ！　僕が車椅子を押してあげるから」

「おや、頼もしいねぇ」

嬉しそうに珠の頭を撫でたママは、珠の首筋にまだ残っていた赤い傷跡を見て眉をひそめた。

「おまえ、この首の怪我はどうしたの？」

「あ、これは、初めて人間に化けたとき、首輪で……だから、前の首輪をダメにしちゃったの……ごめんなさい……」

首輪をなくしたことを謝る珠に、ママの方がもっと申し訳なさそうに珠の頭を撫でた。

「私が首輪をつけさせていたから、怪我をしたのね……。なんて可哀そうなことをしてしまったんだろう」

「ママのせいじゃないよ！」

「おまえは優しい子だね。新しい首輪はもう注文してあるんだけど、普通の首輪じゃ駄目ね。今度は、怪我をしないような首輪を作ってあげようね」

どんなのがいいだろうと、早速考え始めるママの表情は生き生きしている。最近は趣味の手芸さえやる気が起きないのか、ぼんやりしていることが多かったのに。

自分が人間になったから、ママが元気になった。

猫又になれて本当によかったと、珠は協力してくれたみんなに心から感謝した。


半人前ながらも人間の姿を見せてママに喜んでもらえたと、動物園のみんなに報告に行きたかったのだが、ママは珠を片時も側《そば》から離そうとしなくなった。

昼の間は、メイドたちを遠ざけた日当たりのいいテラスで、やって来る猫たちも交えて、人型になった珠とママとでおしゃべりをする。夜に眠る際は、珠は猫に戻ってママのベッドの脇にしつらえられた、ふかふかの羽毛のクッションを敷いた籠《かご》の中で眠る。

ママが眠ってから部屋を抜け出そうとしても、眠りの浅いママはすぐに目を覚まして、どこへ行くのかと心配そうに聞いてくる。

寂しそうな目で見つめられると、どこへも行けなくなってしまう。

それでも、ママは以前にやっていた革細工の手芸をまたしようという気になったのか、スケッチブックを広げて机に向かったり、電話をかけていろんな人を呼びつけては用を言いつけたりするようになった。

相変わらず食は細いけど、元気になってきてくれた。きっともうすぐ一緒に動物園へ行けるようになるはず。

そう信じて過ごすうち、動物園へ行けないまま二週間近くが過ぎた。

その間に珠は猫耳もしっぽも隠せるようになり、特訓することもなくなった。

まだ猫のままでは人間の言葉は話せないけれど、その訓練は白銀としたい。

『白銀様に会いたいな……師匠様や、園長さんにも』

迷惑をかけたくないのに、どうしても白銀を想ってしまう。

今日も、ママが昼寝をしている間にこっそり動物園に行こうか、なんて考えた珠だったが、ママが目を覚ましたときに自分がいないのを知ったらどれほど心配をするだろうと思うと、実行に移せなかった。

前は当たり前だった屋敷の中ばかりの生活を、珠は退屈に感じ始めていた。

猫又になってから、身体も若返ったらしく前ほど眠気を感じなくなり、珠の昼寝の時間は減った。

暇を持てあます毎日の中で珠が見付けた楽しみは、庭を訪れる新しい来客の姿を見ることだった。

それはまっ白いハトで、早朝か日が暮れてから現れる。

きっと近くにねぐらがあって、餌場の公園などへの行き帰りに立ち寄るのだろう。

庭に出入りする猫の中には名ハンターがいて雀《すずめ》や椋鳥《むくどり》を捕ったりしているので、ここは鳥にとっては危険な場所。

だからあまり来てほしくないと思いつつも、姿を見れば嬉しくなった。

好奇心が旺盛らしく、ハトはよく窓の外から屋敷の中をのぞき込んでいる。

そのたびに、珠は見守られているみたいな気分になれて、ほっとするのだ。

『あ、いたいた』

ハトは、今日は二階のベランダの手すりに止まっていた。

もう少し近くで姿を見たくて、窓際の棚になるべくそっと飛び乗ったのだが、ハトは驚いたのか飛び去ってしまう。

置いていかれた気分で、珠は青空に消えるハトの姿を見送る。

『ああ……行っちゃった。僕にも羽があったら、動物園くらいひとっ飛びで、白銀様にお会いできるんだろうなぁ……』

猫又になれば、人間にも他の動物にも、簡単に化けられると思っていたのに、現実はそう甘くはなかった。

やっと猫耳もしっぽもない人間に化けられるようになったばかりの自分は、いったいいつになったらパンダに化けられるようになるんだろう。

レイに訊《たず》ねてみたい。

今日こそは、どうしても動物園へ行きたいとママにお願いしよう。

これまでにも、何度か動物園に行きたいとママに言っていたが、まだ駄目と許可してもらえなかった。

『まだ駄目』とはどういう意味か、いつまで待てばいいのか、それだけでも知りたい。

ママに訊ねてみようとした珠だったが、その日はいつもとちょっと違って、やけに厳《いか》つくて怖そうな男性と、腰が低くて愛想のいい男性がママの元を訪れた。

これまでなら来客中もママの側にいた珠が、少し待っていなさいと隣の部屋に追い出され、男たちが帰ってから部屋へ入れてもらえた。

「今日は、プレゼントがあるんだよ」

そう言って、ママが嬉しそうに珠の目の前に差し出したのは、やけに飾り立てられた新しい珠の首輪だった。

元は黒い革の首輪らしいが、隙間なくびっしりと赤や青のキラキラしたきれいな石でデコレーションされていた。

中央には、アーモンドほどの大きさで、夏の太陽のように輝く雫型《しずくがた》のチャームまでぶら下がっている。

とてつもなく派手な首輪に面食らったが、光をはじいて金色に輝く中央の石に目が吸い寄せられる。

『きれい……白銀様の目みたい』

「この首輪はね、ママがデザインして作らせたの。ちょっと引っ張ったら長さが変わるようにしてあるんだよ」

後ろの部分が二重にした革紐《かわひも》で、軽い力で引っ張っただけで長さが変わる結び方だから、装備したまま人間に変化しても伸びて首が絞まらないそうだ。

その首輪を早速首につけてもらうと、隙間なく飾り立てられているせいで、結構な重さがあった。

でも、これも愛情の大きさ故。ママが喜んでくれるなら嬉しい。

誇らしい気持ちで胸を張れば、ママは手を叩《たた》いて喜んだ。

「ああ、よく似合うよ！　おまえは日向《ひなた》ぼっこが大好きだから、お日様みたいな飾りを付けたんだ。一度それをつけたまま、人間になってごらん？」

『うん！　見ててね』

首が絞まったらどうしよう、と一瞬不安が心を過《よ》ぎる。

でも、ママが作ってくれたものなら大丈夫。そう信じて、珠は首輪をつけたまま人型へと変化してみた。

「……んっ！」

変化が始まってすぐ、わずかな締め付けを感じただけの段階で、首輪のひもの長さが変わったようだ。

「ああ、よかった。首は大丈夫？　苦しくなかったかい？」

「大丈夫！　でもこんなに細い革のひもじゃ、なくしてしまいそうで怖いな」

大事な首輪を落とすことを心配したけれど、ママはそんなこと気にすることはないと微笑んだ。

「おまえが怪我をすることを思えば、首輪なんて何本なくしたっていいんだ。命あふれる草原のようなおまえの瞳の輝きに比べたら、ダイヤモンドすらただの石ころだよ」

そう言われても、白銀の目のように美しいチャームはなくしたくない。気を付けて扱おうと心に決めた。

「ありがとう、ママ！　あのね……このきれいな首輪を、動物園のみんなにも見せに行ってもいい？」

今日も駄目で元々のつもりで訊ねたが、ママはあっさりと認めてくれた。

「ああ、いいよ。その首輪をつけていくなら安心だ」

「安心？」

どういう意味かと首をかしげると、ママは少しはにかんで、笑わないで聞いてくれるかと珠に訊ねた。

「どんなお話でも、ちゃんと聞くよ！」

「じゃあ、教えてあげよう。おまえが人間になった日の夜、珍しく夢に英治《えいじ》さんが出てきたの。それでね、この首輪をつければ珠が幸せになれるって教えてくれたんだよ」

ママは夢で見た首輪を、忠実に再現したのだという。

「そんな夢を見たものだから、なんだかこれができるまでは、おまえが安全じゃない気がして不安で仕方がなかったの」

だけど、この首輪があればもう安心。どこへでも好きに遊びに行きなさいと言われ、珠はとても嬉しくなった。

また動物園に行けることはもちろんだけど、ママがそこまで自分のことを心配してくれたことがありがたくて、退屈だなんて思ったことが申し訳なくなる。

「ありがとう、ママ！　この首輪、大事にするね」

ママの首筋に抱きついて頬《ほお》ずりすると、ママは満足げに笑って、細い指で珠の頭を優しく撫でてくれた。

「このお守りがあれば、ひとまずは安心ね。さて次は、もう少し先のことをやり直さなくっちゃ。猫が人間になったなんて話、誰にも信じてもらえやしないだろうから内緒で進めてきたけど、ここから先は司《つかさ》さんにお願いをしなくちゃ無理よね」

あの子なら何とかしてくれるはず、と学生時代から可愛がってきた草壁《くさかべ》を信頼して何か相談事をしたいようだ。

ママが草壁に電話をし始めたので、珠は邪魔にならないよう猫に戻って部屋を後にした。

ママが元気になってきた上に、新しいきれいな首輪をつけて動物園に行けるだなんて、珠は浮かれすぎて飛び跳ねたいほどだった。

猫の姿に戻ると、キラキラした首輪は少しばかり重く感じる。だけど、俯くと目に入る金色のチャームの美しさは何度見てもため息が出るほどで、珠はこの首輪がすっかり気に入った。

『早く誰かに見せたいなぁ』

寅二《とらじ》でもミケでも、誰でもいいから近くにいないか探してみたくて窓へ近寄ると、ベランダに白いハトが来ていた。

珍しく、今日は珠に気付いても逃げない。

ハトはまるで、珠の首輪をじっと見ているみたいだった。

カラスは光る物が好きだと聞いたことがあるが、ハトもそうなのだろうかと思いながら、珠は首輪がよく見えるよう窓ガラス越しにハトへ向かって胸を張る。

『ほら、見て。素敵でしょ？　ママが作ってくれた新しい首輪。これはね、僕の大事なお守りなんだよ』

もっとよく見てもらいたくって、ベランダの窓につけられた珠用の猫扉からベランダに出ようとすると、さすがにハトは白い翼を広げて風を切って飛び去ってしまった。

ベランダに出た珠は、曇り空に溶けていくハトの姿を見送る。

でも今日は、ハトの翼をうらやましく思わない。

空は飛べないけれど、珠だってこれから白銀に会いに行けるのだから。

このきれいな首輪を見せたら、白銀はなんと言ってくれるだろう。

白銀の仕事の邪魔になりたくはない。だけど、ちょっと会いに行くくらいなら大丈夫なはず。

そう思った珠は、夕飯を食べたらすぐにこの首輪をつけて動物園に行ってみようと、日が暮れるのを楽しみに待った。


『今日は雪か……』

うっすらと雪化粧をまとった庭の木々を、珠はしっぽを揺らしながら窓越しにぼんやりと眺めていた。

こう寒くては、寅二もミケも遊びに来てはくれないだろう。白いハトも、来ていないのか、雪に紛れて見えないだけかも分からない。

孤独な寂しさをため息にして吐き出せば、すうっと窓が白く煙った。

首輪を見せに動物園へ行こうとした日からもう五日ほど過ぎたが、珠はずっとこうして窓辺で外ばかり眺める毎日を送っていた。

珠が動物園へ行こうとしたあの日の夕飯の時に、ママは食事を喉につまらせて倒れたのだ。メイドたちの処置がよく、すぐにつまった物は取り出せたのだが、それをきっかけにママは肺炎を起こして寝たきりになってしまった。

もうろうとした意識の中、目を覚ますたびに珠を呼ぶママをおいて出かけることなど到底できなくて、珠はずっと屋敷にこもることになった。

『みんな……元気かな。師匠様に、白銀様に、園長……みんな、風邪とか引いていないといいけど』

このところ、ママにはずっと看護師が付き添っていたが、今日は医者に草壁まで来ていた。いつもと違う屋敷の空気に、珠もぴりぴりとヒゲが痛いほどの緊張を感じていた。

「珠……おいで。奥様がお呼びだよ」

夕方になって、草壁が珠を呼びに来てくれた。

朝にやってきた医者にママの部屋から追い出されたのだが、きっとママの具合がよくなったから呼ばれたのだと思った珠は、喜んで草壁の腕に飛び乗り、ママの部屋へ連れていってもらった。

部屋の空気はどんよりとして、医者も看護師もメイドも、みんな何か重いものを背負っているかのように項垂《うなだ》れていた。

「奥様。珠ですよ。分かりますか？」

珠を抱いた草壁が、かがみ込んでママの耳元で言うと、ママはみんなに部屋を出るよう命じた。

さっきは珠を追い出した医者が、珠を残して部屋を出ていくのを不思議な気持ちで見送る。

「珠……手を……握って」

吐息ほどのささやき声も、珠の耳にはよく聞こえる。

猫のままでは手を握れない。人型になれということだろうと、珠は目を閉じて人に化けたいと念じた。

普段と違う雰囲気に動揺しているせいか、耳としっぽがまた出たまんまになってしまったが、今はそんなことにこだわる気になれない。

「ママ！」

いつものようにクローゼットから大きなシャツを取り出して羽織ると、すぐさまベッドサイドへ戻り、膝をついてママの手を握る。

点滴の管に繋《つな》がれ、つめたく冷えたかさかさの手。だけどいつも優しかった大好きな手を、珠は宝物みたいにそっと手の中に包み込むと、ママは閉じたまぶたを重そうに押し開けた。

「ああ……おまえは、本当にきれいな子だね」

珠の手を握り返そうとしているのだろうけれど、微《かす》かに動くだけのママの手を、珠は引き寄せて頬ずりする。

「ママ。早く元気になって。一緒に動物園へ行こう」

「いくらおまえの頼みでも……こればっかりは、ねぇ……」

「ママ！　いやだ、元気になるって言って！」

そのために人間になったのに。すがりつく珠を、ママは眼差しで撫でるようにゆっくりと瞬《まばた》きする。

「ごめんね、珠……でもね、おまえのおかげで、ママの心は、とても元気になったよ。本当の幸せを、見付けたんだ」

「『ほんとうのしあわせ』って、なあに？」

珠の問いかけには答えず、ママはただ珠を見つめて言い聞かす。

「どんなにたくさんの悲しみが押し寄せても、飲み込まれちゃいけないよ。ママがおまえに出会えたように、幸せはどこかに必ずあると、信じて探し続けるんだ」

「幸せって、どんな色？　どんな形？　探し出して僕のもママにあげるから、元気になって！」

「すべての物事をよく見て、聞いて、嗅《か》いで……感じるんだ。そうすれば、分かる」

「感覚を研ぎ澄ます――」

修行中に白銀から言われた言葉を思い出す。感覚を研ぎ澄ませば、大切なものが見えてくる。見えない何かを見たくて、大きく目を見開けば、ママは珠の目をいとおしむみたいに見つめて微笑んだ。

「なんて美しい目。大きなお耳に可愛い鼻……おまえなら、きっと探し出せる。幸せはね、熱いくらいに温かく、心を満たしてから分かるよ」

「『幸せ』って、すごいんだね」

ママはそうだねと呟《つぶや》き、天井を——そのもっと上を見透かすみたいに、遠くを見つめて、ふうっと長い息を吐いた。

「人生の最後に、珠に会えて幸せだった。私の人生は……愛する人に出会って、失って……神様を恨んで、憎んでた。だけど、おまえに会えた。私の人生は、幸せだった……おまえが教えてくれたんだよ」

「僕は、何にも……ママに、何にも教えてなんてあげられてないよ？」

「おまえが人間になったように、英治さんと健太《けんた》にまた会える。そう、信じられた。……ただ……こんなおばあさんになった私に、二人が気付いてくれるかどうかが心配だけどねぇ」

「絶対に分かるよ！　だって、ママはママだもの」

まるで理屈になっていないけど、必死に訴える珠に、ママは安心したよとゆっくり頷いた。

「おまえが言うなら、きっとそうなんだろう」

静かに微笑むママは、目の前にいるのにその存在をひどくぼんやりとしたものに感じた。

もう、どんなに引き留めても駄目なんだ——そう観念した珠は、ママの行く先を訊ねる。

「ママ……どこへ行っちゃうの？」

「先に行った、家族のところへ行くだけだよ。おまえが希望をくれたから、迷わずに、きっと行ける」

ママがいなくなったら、独りぼっちになってしまう。

行かないでと言いたいけれど、あんなに会いたがっていた旦那様と坊やが待っているなら、どんなに寂しくても引き留められない。

ぐっと言葉を飲み込み、口を真一文字に結ぶ珠の心を見透かしたかのように、ママは安心なさいと微笑んだ。

「ここを離れても、見守っているから大丈夫。……少し、眠るよ」

――この日、ママは、初めて珠に嘘を言った。

ママはこの後、長い長い、長い眠りについてしまったのだから。


どの部屋へ行っても、ママはいない。残り香まで薄れていくのが切なくて、動く気にならない。

ママが目を閉じてから、珠は猫の姿に戻り、自分の部屋のキャットタワーの一番上の小さな箱の中で、じっとうずくまってママと過ごした日々を思い返すばかりだった。

ママがいなくなって、幾日過ぎたのか。

ずっとここに閉じこもっているせいで、日にちの感覚がなくなっていた。

「珠、珠！　出ておいでー」

心配して何度も様子を見に来てくれる仲良しのメイドの長瀬《ながせ》にも、反応する気が起きない。

だけど彼女の身体から嬉しい匂いを嗅ぎとった珠は、もっとしっかり確かめたくて、タワーを降りて彼女の足元へ近付く。

「珠！　よかった。降りてきたね」

抱き上げて優しく撫でてくれる長瀬から、白銀の匂いを感じた。匂いに意識を集中させると、園長の匂いもする。

「草壁先生。連れてきましたよ」

一階の応接室では、スーツ姿の園長と白銀が、草壁と共に珠を待っていた。

応接室へ着くなり、珠は長瀬の腕から飛び降りて白銀の元へと走り寄る。

『白銀様！』

張り付く勢いで両前脚を広げて跳びかかると、白銀はぎゅっと抱きしめて頬ずりしてくれた。

「珠ちゃん！　会いたかったよ。ああ……こんなに痩せて……かわいそうに」

ママの訃報《ふほう》を知り、しばらく珠は屋敷から出てこないと分かってくれていたようだが、いつまで経《た》っても動物園に来ない珠を心配して、見舞いに来てくれたのだろう。

心の中が悲しみでいっぱいで、ママとの思い出ばかりが溢《あふ》れて溢れて他のものを心から押し流し、何も考えられなくなっていた。

しかしこうして顔を見ると、白銀に会いたかった、会ってこうして思いっきり甘えたかったと気付かされる。

白銀の手のひらに頭をこすりつけ、存分に白銀の匂いを嗅ぎ、白銀に自分の匂いをすり付けた。

「……本当に、よく懐いていますね」

「それはもう。動物園の獣医は優秀ですから」

「珠が、そちらの獣医さんにお世話になっていたというお話は、信用いたします」

「疑いが晴れて何よりです」

どうやら園長と白銀は、珠に会うため『珠の獣医』と偽って屋敷に上がり込んだらしい。

園長はどれだけうさんくさい見かけでも、動物園のＨＰに写真が掲載されているので、本物と認めてもらえたのだろう。

しかし珠には、以前からお世話になっている掛かり付けの獣医がいた。突然やってきた二人は疑われて当然だ。

「疑って申し訳ございませんでした」

丁重に頭を下げる草壁に、園長はとんでもないと大げさに手を振る。

「セカンドオピニオンは大切とはいえ、いつもお世話になっている先生がお気を悪くなさらないよう、こっそり看てほしいとのご依頼でしたので、誰も我々のことを知らなくて当然だったんです」

「そうだったんですか。奥様は本当に珠を……我が子同然に可愛がっておいでででしたから」

ぎゅっと手を握りながら話す距離の近い園長に戸惑い気味の草壁を尻目に、白銀は鞄《かばん》から何かを取り出す。

「レイから、お見舞いをことづかってきたんだ」

ぞろぞろ大人数で行っては不審がられるだろうからと来なかっただけで、レイも珠を心配してくれているのだ。

食欲をなくしているだろうと、珠が一番好きなパウチ包装の『猫一直線！　鰹節《かつおぶし》入りささみゼリー仕立て』を見舞いに持たせたらしい。

動物園で、食べるのも特訓のうちと言われて夜食をとることがあった。屋敷ではレトルトフードなど食べたことがなかった珠だが、このウェットタイプを食べてみたら美味《おい》しくって、すっかり気に入っていた。

自分の好みを覚えていて、心配してくれている相手がいるありがたさに、目の奥がぎゅんっと熱くなる。

「珠ちゃん。食べて元気にならなくちゃ。ママは珠がご飯をたくさん食べたら、喜んでくれただろう？」

ママとの日々を思い出した珠が潤む瞳で見つめると、白銀はあばらの浮いた珠の身体を労《いたわ》るように撫でる。パウチの封を切り、自分の手のひらにほんの少しささみを出して、珠の口元へ運んだ。

初めて会った日に、水を飲ませてくれた時のことを思い出す。

あの頃は、まだママが生きていて、自分が人間になれば元気になってくれると信じていた。

そのことを思い出せばまた胸が苦しくなって、食欲など感じない。

だけどレイからの差し入れを、白銀が手ずから食べさせてくれるなんて、こんな贅沢《ぜいたく》を断ったら罰が当たる。

ささみを一舐めしてみると、空っぽの胃が一気に動きだしたのか、ものすごくお腹《なか》が空《す》いていたのを自覚した。

ウニャウニャと、子猫の頃みたいに声を出しながら食べてしまう。

「いい子だね、珠ちゃん……ゆっくり食べるんだよ」

優しい声に顔を上げると、白銀の後ろから園長も珠が食べる姿をのぞき込んでいた。

その顔も嬉しそうで、ただ食事をするだけで喜んでもらえるならと、珠は必死にささみを口に頬張り飲み下した。

お腹いっぱいで白銀の膝に抱かれていると、満ち足りた気持ちになって、珠はなんだか罪悪感を覚えた。

ママがいないのに嬉しいと感じるなんて、自分がとても薄情に思える。

――もっとママのことを考えてあげないと、ママがかわいそうだ。

背中を撫でてくれる白銀の手のくれる優しさが、心の中に入ってこないよう身を硬くした。

「珠ちゃん？　お腹が痛くなったの？」

心配げに声をかけてくれる白銀の声から気を逸らし、珠は園長と草壁の会話に耳をそばだてる。

「珠ちゃんを、私どもに引き取らせていただけませんか？」

「ええ？　珠を、ですか？」

突然の提案に、草壁はひどく驚いた様子で目を見開く。

いつも冷静沈着な彼が、こんなに動揺するなんて。珠は、園長の提案にもだが、草壁の反応にも驚いた。

それと同時に、珠自身が自分の今後のことをまったく考えていなかった現実に気付く。

楽しかった思い出という過去に逃げ込み、今も未来も見ていなかった。

でも、生きていくには前を向かないといけない。

新しい飼い主の世話になるか、屋敷を飛び出して自力で生きるか。

どこか別の場所で生きるとしたら、動物園しか思い浮かばない。

でも自分はまだ他の動物どころか、人間に化けるのもやっとの未熟者。

きっとまた、白銀に迷惑をかけてしまう。——それだけは避けたい。

「珠ちゃん。君も動物園へ来たいだろう？」

優しく問いかけてくれる白銀に、素直に頷くことができない。

草壁は眉間に深いしわを刻み込み、うさんくさげに園長と白銀を交互に見る。

「……あなた方は、何故そこまで珠にこだわられるのです？」

「何故って……奥様は天涯孤独と聞いています。珠ちゃんの引き取り手がないのであれば、縁のある我々が引き取りたいと思っただけですよ。ご覧のとおり、珠ちゃんは私たちにこんなに懐いていますから」

「……何処《どこ》かから情報が漏れた？　いや……そんなことは……」

草壁が漏らした小さな呟きは、園長には聞こえなかったようだが、珠と白銀の耳には聞こえた。

どういう意味か、と白銀と顔を見合わせる。

「珠を可愛がってくださっていたことには、感謝いたします。ですが、珠の今後の処遇に関しましては、大変複雑な事情が絡んでいるのです。珠をお譲りすることはできません」

「待ってください！　珠ちゃんはいったい、どうなってしまうんです？」

「奥様には、お身内がなかったわけではありません。交流は避けておられましたが、縁者の方がいらっしゃいますので、そのうちのどなたかに引き取られることになります」

「お身内というだけで、猫好きとは限らないのでしょう？」

「……それでも、大切になさるはずです。いえ、そうでなければならないのです」

意味深長な草壁の言葉の真意を知りたかったが、草壁はこれ以上は部外者に話せないと口をつぐんでしまった。

「ならばせめて、その飼い主となられる方と話をさせていただけませんか？　珠を譲っていただくのが無理なら、買い取らせていただきたい」

「珠は、とても買い取れる金額の猫ではありません」

「それは……どういう意味です？」

必死に食い下がる白銀を、草壁は部外者には話せないとはねつける。

血統書もない野良出身の珠の、何処にそんな価値があるのか。

まさか、猫又とバレたのかと一瞬緊張が走ったが、そういうわけではなさそうだ。

だけど何か他によほど頭の痛い事情があるらしく、草壁はひどく疲れた様子で肩を落として頭を振った。

「すべては、奥様の決められたこと。私には従うしかないんです。どうか、ご理解ください」

深々と頭を下げる草壁の言葉に、嘘はないのだろう。

白銀は珠を膝から抱き上げ、鼻が触れ合うほど近くで見つめた。

『……珠ちゃん。こっそり屋敷から抜け出して逃げるんだ』

『え？　逃げる……？』

草壁に内容が分からないよう、白銀は猫語で珠に語りかける。

突然ニャゴニャゴ言いだした白銀に、草壁は思いっきり不審者を見る眼差しを向けたが、そんなものを気にしてはいられない。

「あの――」

「いやあ、彼は本当に猫好きでしてね。ほら、あの珠ちゃんのリラックスした様子をご覧なさい！　まるで本当に言葉が通じちゃってるみたいでしょう？」

止めに入ろうとする草壁の肩を抱いて引き留めてくれる園長に助けられ、白銀と珠は猫語で話し続ける。

『遠くへ連れていかれたら、もう二度と会えなくなるかもしれないんだよ？』

『そ、それは嫌です！』

『じゃあ、今夜にでも』

『そんな……突然言われても……』

ママがいなくなってしまった上に、ママとの思い出がいっぱい詰まった屋敷まで失うなんて、悲しすぎて胸が苦しいほど痛くなる。

簡単に思い切ることはできなかった。

それに、新しい飼い主が、ここで珠を飼ってくれる可能性もまだ捨てきれない。

成り行きを見極めてからでも遅くはないと思えた。

『何があっても動物園へ……白銀様の元へ行きますから。約束の印に、これを預かっていてください』

珠は白銀の指に自分の首輪を引っかけて伸ばし、するりと首から外した。

『珠ちゃん？　これは君の大事なお守りの首輪じゃないか！』

『だからです。必ず返していただきに伺いますから——あれ？　白銀様は、どうしてそのことをご存じなんです？』

この首輪が『お守り』だと、話した相手といえば、白いハトくらいしか思いつかない。

きょとんと見つめる珠から、白銀は視線を逸らしてしどろもどろになる。

『そ、それは……君から、聞いたんだ。……ハトの、姿で……』

『ハトって……ええっ！　ハトって、あの、白いハト？』

屋敷に現れていた白いハト。あれが白銀だったなんて。

驚きに目を丸くして見つめる珠と視線を合わせた白銀は、観念した様子で語りだす。

『珠ちゃんがどうしているのか、気になって。こっそり様子だけでも見られたらと……』

『こっそりなんて。声をかけてくだされればよかったのに』

『珠ちゃんが動物園に来てくれなくなったのは、発音の練習にかこつけてキスしたり、弟も制しきれない情けない私を嫌いになったんじゃと心配で……。ストーカーみたいな真似をして、ごめん』

白銀は真摯に謝ってくれたが、珠を心配してのこと。正体を隠されたことは少し寂しかったけれど、それでも来てくれたことへの嬉しさの方が勝った。

『ママが心配だったからだけど、いつまでも閉じこもっていた僕が悪いんです。白銀様は悪くないです！　……ところで『キス』って――』

「あなたは先ほどから何をされているんです！　首輪を返してください」

白銀が首輪を外したと思ったのか、草壁は園長を振り切って白銀に向かって手を伸ばす。

それを見た珠は、背中を丸めて全身の毛を膨らませ、牙《きば》を剝《む》いてシャーッと激しく草壁を威嚇《いかく》した。

『駄目！』

「珠？　……私は……首輪を返してもらおうとしただけだよ」

初めて珠に威嚇をされて、戸惑いを隠せない様子の草壁には申し訳なく思ったが、珠はこの首輪を白銀に持っていてほしいのだ。

首輪だけでも白銀の側にあれば、離れていても繋がっていられる気がするから。

「珠ちゃん。これは、私が預かっておけばいいのかな？」

落ち着くようにと珠の背中を撫でながら問いかける白銀の手に、そうだと答える代わりにごろごろ喉を鳴らしながら頭をすりつけた。

「……分かりました。珠の処遇に関しては遺言に従わせていただきますが、首輪に関しての記載はありませんでしたので、珠がそうしてほしいのなら……と言うのも変な気がしますが、どう見ても珠の意志としか思えませんので、首輪は白銀さんがお預かりください」

草壁は白銀と珠の奇妙なやりとりをいぶかりながらも、弁護士らしく遺言に則《のっと》った形で決着をつけてくれた。

珠の新しい飼い主という人が分かれば、状況が変わるかもしれない。それまで、これ以上草壁に怪しまれないよう、白銀と園長はいったん引くことになった。

「珠ちゃん、また会いに来るからね」

『はい。白銀様、また……』

白銀の鼻に、鼻をくっつけて別れの挨拶をする。しんみりとした空気を漂わせるその横で、園長は満面の笑みで草壁と向き合う。

「もし、珠ちゃんに何かありましたら、こちらにご連絡を。何でしたら、動物園の方へ直接いらしていただいても構いませんので」

「はい……それは、どうも、ご丁寧に」

むしろお待ちしています！　と名刺を差し出した手でそのまま草壁の手を握る園長に、草壁は完全に引いていた。

『白銀様……』

白銀の出ていった扉の前で未練ありげに座る珠に向かって、草壁は珍しく困惑気味の笑みを浮かべた。

「ずいぶんと変わった方々だったたね。……しかし、あの人たちなら、きっと君を大切にしてくれるだろうに」

さっきは威嚇なんかしてごめんなさい、という気持ちを込めて草壁の足に身体をすり寄せると気持ちが通じたのか、草壁は珠を抱き上げてくれた。

「珠……君は、人の言葉が分かるのかい?」

草壁はいい人だ。人間に化けて分かりますと答えたい。

だけど、猫又だということは飼い主以外の人にばらしてはいけない。しっぽも猫のときは一本にまとめるように、とレイや園長からきつく言い含められている。

答える代わりに草壁の首筋に頭をすりつけ、しっぽをゆらゆら揺らす。

「奥様も、君の幸せを願ってあの遺言を残されたのに、皮肉なものだ。——しかし、どうも最近になって書き換えるおつもりだったようだけれど、その直前に倒れられて……今となっては、奥様の本当のお気持ちが分からないことが残念だよ」

ママが書き換えようとした遺言とは、どんな物なのか。

愁いを帯びた草壁の眼差しに、これから自分はどうなってしまうんだろうと、珠の心は不安に波立った。

白銀たちが来た翌日、また屋敷に来客があり、珠は部屋から連れ出された。

今度は長瀬から白銀の匂いはしない。代わりに感じるのは、頭がくらつくほど落ち着かない気分になる香り。この香りは――。

『マタタビ？　でも……すごく、きつい……』

廊下に出ると、さらに匂いは強くなる。嗅覚の鈍い人間には気付けないだろうけれど、訪問者はマタタビの化身じゃないだろうか、と疑いたくなるほどの強烈さだ。

こうきついと、酔っ払うというより酩酊《めいてい》状態に近くなる。気分が悪くて堪《たま》らない。

長瀬が応接室の扉を開けると、むわっとマタタビの匂いがあふれ出てくる。

発生源は、応接室のソファから立ち上がった、小太りの男性だった。

「これがクロですか！　いや、可愛い猫ちゃんだ」

「珠です」

「ああ、そうそう、珠だ」

珠の名前を間違えたことを草壁から訂正され、にこやかに言い直したが、一瞬むっとした表情を浮かべたのを珠は見逃さなかった。自分の名前をどうでもいいものと思われたようで、不愉快な気分でしっぽの先をふりふりと揺らしてしまう。

男性は五十代半ばほどだろうか。小柄な身体と反比例する尊大な態度が、マタタビの匂い以上に鼻につく。

『この人……前にも見たことがある……』

この青山勝《あおやままさる》という男性は、ママの又従兄弟《またいとこ》にあたる人だ。

青山は以前に何度かこの屋敷にやってきたことがあったが、彼が帰った後のママは、眉間にしわを寄せて不愉快そうだったのを思い出す。

口さがないメイドたちの会話によれば、青山は両親の遺産で事業を興し、ママにも頼み込んで出資をさせたが、経営は右肩下がり。ママからの融資で何とか持たせていた。

ここ数年、顔を見せなかったのは、金を返せる当てがなく踏み倒す気だったからだろうと、珠にだって想像できた。

「珠よ、これからは私がおまえのご主人だよ！」

『ママのお金を無駄遣いした人がご主人様なんて、絶対に嫌！』

この屋敷に住み続けられるとしても、嫌だ。

ぷっくりとしたグローブみたいな手を近付けられ、とっさにシャーッと牙を剝いて威嚇してしまう。

珍しく攻撃的な珠の仕草に、長瀬はいい子にしてと珠の背を撫でる。

草壁だけが、珠が自分以外の人も威嚇をすると分かって嬉しかったのか、少し口角を上げた。

「青山様は、あまり猫の扱いに慣れていらっしゃらないようですね」

「いやいや！　私が嫌われるはずはない！」

猫はマタタビが好きだからと、マタタビパウダーをたっぷり身体に振りかけてきたのだろう。そこまでして『ただの雑種の猫』を引き取りたがるなんて、どんな裏があるのだろうと不安になる。

ここから逃げ出したい気持ちが高まるが、マタタビに酔った身体は言うことを聞いてくれない。

「こんなにいいケリーパックも用意してきたんです。さあ、珠。新しい家へ行こうな」

「キャリーバッグですね。確かに、青山様が奥様の一番続柄の近い血縁者ではありますが、一番肝心な条件を満たしていらっしゃるかを、審査させていただきませんと――」

「そんなものは後でいい！　こうしてわざわざ俺が自ら迎えに来てやったんだ！　こいつは、俺のものだ！」

また言い間違いを指摘されたのが気にくわなかったのか、顔を真っ赤にした青山は、長瀬の手から珠を奪い取った。

マタタビでふらふらになっていた珠は、抵抗する間もなくブランド物の茶色いキャリーバッグに放り込まれる。

『な、何をするんですか！　出して！』

「珠！　珠を乱暴に扱われるようでしたら、遺言に反することになりますよ」

「そ、それは、分かってますよ。ただ……他に用があって急いでいたもので、つい、ね」

草壁から厳しい口調で詰め寄られ、青山は慌てて作り笑顔で取り繕い、珠の入ったキャリーバッグを大事そうに抱え込む。

「俺は花園家《はなぞのけ》の身内だ。この猫を大切にするなら、どこへ連れていこうとどこで飼おうと自由。そうだろ？」

「……遺言に反しない限り、私にあなたをお止めする権利はありません」

じゃあ何の問題もないなと、青山は珠の入ったキャリーバッグをぶんぶんふりながら歩きだす。

「あ、青山様、その持ち方はちょっと――」

「もっと慎重に、大切に扱ってください！」

草壁だけでなく、長瀬まで思わず口を出してしまうほど雑な扱いに、珠の気分の悪さはますますひどくなる。

「ああ、そうだった。死なしちまったら、元も子もないんだったな。――一年間は生きててもらわないと」

キャリーバッグの中でうずくまる珠を、編み目の部分から覗《のぞ》く青山の醜悪な笑みに、珠はぞっと全身の毛を逆立てた。

それから、珠はなす術《すべ》もなく、中吉《なかよし》市の隣の市にある青山の屋敷へと連れていかれた。

こちらも花園家ほどではないが古くからの名家なのか、屋敷は古くて広い日本家屋で、庭には防犯用に二匹のシェパードが放し飼いにされていた。

だが、塀の外からは見えない庭木の手入れは雑で、あまりお金に余裕がないのが見て取れる。

ここに着いてから、珠は青山とその妻たちの会話を聞いて、青山が自分を引き取りたがった理由を知った。

日本の法律では、ペットは遺産を相続することができない。だからママは、自分の死後に珠が不自由なく暮らせるよう、珠を大切にしてくれる者に遺産を譲る、と遺言をしていたのだ。

それに、親族である青山が飛びついた。

ただし一年以内に珠が死んだ場合は、きちんと世話をしなかったと見なされて遺産をもらえなくなるとかで、青山は妻やお手伝いに「絶対に一年間は珠を死なせるな」と何度もくどくど言い聞かせていた。

それが、一年経てばどうなろうと知ったことではないと言われているようで、珠は背筋が寒くなった。

屋敷の二階の一室が珠の部屋として用意されていたが、逃げ出さないようにと部屋の中央に置かれた畳一畳ほどの広さの三段構造になったケージの中に閉じ込められてしまった。

大きなケージではあったが、これまで自由に暮らしていた珠にとっては不自由で、不安な生活が始まった。

人間に変化すれば、このケージから抜け出せる。

そう分かっているのに、身体に力がまるで入らなくって、珠は何もできずにケージの隅でうずくまる。

大きな窓から明るい日差しが差し込むけれど、その光も落ち込んだまま顔も上げない珠の心には届かない。

こんなところに閉じ込められたのは、自業自得。

ママとの思い出が詰まった屋敷にいたくて、迎えに来てくれた白銀の言うことを聞かなかったから罰が当たったのだ。

後悔は、以前に脚にバラの棘《とげ》が刺さったときみたいな、じくじくとした痛みとなって珠の心を苦しめる。

あのときは、ママが棘を抜いて治療をしてくれた。

だけど、ママはもういない。この痛みを、自分で何とかしなければ。

『すべての物事をよく見て、聞いて、嗅いで、感じる――』

ママが最後に教えてくれた言葉を思い出し、珠は自分の運命を訊ねるように、心に耳を澄ます。

『……白銀様に、会いたい』

白銀を想えば、暗い心に光が差し込む。

心に浮かぶのは、白銀の優しい声、お日様みたいな目。日だまりにいるみたいに心地のよい腕に抱かれていたときのあの気持ち——あれがきっと『幸せ』ってものだったのだ。

ママが望んでいたのは、自分の死を悼んでふさぎ込むことより、珠が幸せになることだったのに。

悲しみに流されて、本当の幸せが見えなくなっていた。

『せっかくママが教えてくれたのに……僕はなんて馬鹿なんだろう……』

白銀も、屋敷を出るよう勧めたのに言うことを聞かずに閉じ込められた、愚かな珠をどう思うことか。

きっと、馬鹿な奴だと呆《あき》れてしまうに違いない——。いや、それ以前に、ここにいると知らせる手立てもない。

寂しさと後悔と自己嫌悪に苛《さいな》まれ、せっかく心に灯《とも》った明かりもかき消えてしまう。

独りぼっちの部屋の中、負の感情ばかりが心にわき上がり、珠は自分の前脚に顔を埋《うず》めてすすり泣いた。

月曜日の午後、大勢の人を引き連れた草壁の訪問に、青山は驚きと戸惑いに目を泳がせた。

「草薙《くさなぎ》さん、突然何事です？　こいつら――いえ、この方々は……」

「草壁です。私には、珠が遺言どおり適切な環境で飼われているか確認する義務がありますが、私はただの弁護士ですので、専門家に判断を仰ごうと来ていただいたのです」

草壁が、後ろに控える十代から五十代ほどの男女を振り返ると、皆が一斉に自己紹介を始める。

「保健所の方から参りましたー」

「動物行動学の教授です」

「トリマーです」

「ペットケアアドバイザーです」

「ペットシッターです」

「栄養管理士でーす」

「獣医です」

「『ニャンコの幸せを守る会』の会員です」

「えっと、お、同じく……会員です」

矢継ぎ早に自己紹介をされ、誰と向き合えばいいのか分からず、青山は右往左往して視線をさまよわせる。

「し、しかし……こんな大勢で急に来られても！」

「事前に連絡を入れて、そのときだけ取り繕われては困りますから。ですが、この審査で飼育状態に問題がないと専門家の皆様が判断をされましたなら、以降は口出しいたしません」

あくまでも、遺言が正しく遂行されているかの確認に来ただけ。やましいところがないなら飼育環境を見せられるはず。そう詰め寄られては断れないようだ。

渋々承諾した青山に、動物行動学教授を名乗る丸メガネの男性が、愛想よく声をかける。

「猫ちゃんのお部屋は何処です？　もちろん、日当たりのよい南向きのお部屋ですよね？」

「東向きですが、以前は子供が使っていた二階の部屋を、一室丸ごと珠の部屋として使用しております。大きな窓があって、日当たりはバツグンですよ」

この程度の調査は想定内だったのだろう。青山は胸を張って応《こた》える。

「それでは早速、猫の健康状態を調べたいのですが」

「ええ、どうぞ。ご案内いたします」

白衣を着た獣医とおぼしき男性を案内しようと歩きだした青山を、『栄養管理士』の名札を首からさげた四十代半ばほどの女性が、腕をつかんで引き留める。

「キッチンはどちらです？　どういった食事を用意されているのか、見せていただきたいのですが」

「餌は缶詰ですから、何の問題も――」

「ええっ？　家族として迎えたからには、猫ちゃんにも家族同様に手作りの食事を提供するべきでしょう！　高齢の猫ちゃんに最適なレシピをアドバイスいたしますよ。さあご一緒に、レッツ、クッキーング！」

「いえ、あの、俺は料理なんて――おい！　礼子《れいこ》！　山田《やまだ》さん！」

腕をがっつり組まれて強引に台所へ連れていかれそうになった青山は、料理なんてできないと、妻とお手伝いを呼ぶ。

その間にも、保健所から来たという水色の作業着を着た二十代半ばほどの男性と、トリマーらしき三十代前半ほどの女性が、廊下をずんずん奥へと進んでいく。

「風呂場はこっち？　不衛生な環境じゃねぇ……ないでしょうね？　あ、自分で確認してくっから、お気遣いなくー」

「猫用シャンプーは、どちらのメーカーの物をお使いですか？　お勧めの試供品をお持ちしましたので、置いておきますね」

「え、あっ……お、お待ちください！」

青山の妻とお手伝いとおぼしき二人の女性も駆けつけてきたが、訪問者の数が多すぎる。

気ままに家の中を探索しだす人たちに振り回されて、右往左往する。

——周りの騒ぎに紛れて、白衣を着た白銀は音もなく階段を上がり、二階へと向かう。

二階は和風モダンな作りで、洋式に近い内装だった。その中で、東に面するのは突き当たりの部屋。

白銀は素早く移動し、その部屋の扉を開けた。


静かな屋敷に突然巻き起こった喧騒の中に、大好きな人の気配を感じ取っていた珠は、うずうずした気持ちでケージの中をぐるぐる回っていた。

階段を上り、廊下を歩いてくる。その足音すら愛《いと》おしくて、胸が苦しいほど高鳴る。

「珠ちゃん！」

『白銀様！』

扉が開いたとたん、少しでも早く白銀に近付きたくてケージに体当たりしたが、頑丈なケージはガシャンと音を立てて揺れた程度だった。

「無事でよかった」

『白銀様……白銀様だ……』

ケージに駆け寄った白銀が、ケージの白い柵を握る。その手に柵の中から頭をすりつけるだけで、泣きたいほどに嬉しくなる。

一緒に逃げようと言ってくれた時に、どうしてそうしなかったのか。ここへ連れてこられてからずっと、そのことを後悔し続けてきた。

そんな後悔も孤独も不安も、何もかもが白銀の存在の前に霧散していく。

「こんなところに閉じ込められて、かわいそうに……ひどいことをされなかったかい？」

『はい。何でも、僕を死なせたらママの遺産がもらえなくなるとかで、大事にはされていました』

「助けにくるのが遅くなって、ごめんね。草壁先生からご連絡を頂いて、すぐに君を助ける準備に取りかかったんだけど、時間がかかってしまって」

『草壁さんが協力をしてくれているんですか？』

園長と白銀を、いい人だろうがうさんくさいと警戒していた草壁を、よく味方につけられたと感心したが、奥の手を使ったのだ。

「珠ちゃんは人間にも化けられる猫又で、本人が動物園へ行くことを望んでいると説得したんだ。もちろん、言葉だけで信じてもらえるわけはないから、実際にレイと私が人から本体に変化するところを見せて、納得してもらった」

まさに一目瞭然の事態に、草壁も猫が人間に化けられると信じないわけにはいかなかったようだ。

後で草壁本人から『驚きすぎて腰を抜かしました』と真面目《まじめ》な顔で言われたときには、申し訳なくも笑ってしまった。

本来なら、一般人である草壁に正体を見せることは禁じられている。

だが『動物園法』にも、人の法律でいうところの『正当防衛』があるという。珠が花園家の屋敷にいたときは、珠は自分の意志でそこにいたため草壁に正体を見せることは許されなかったが、今は意志に反して自由を奪われている。

そこから救助するための協力を仰ぐため、という正当な理由があれば、正体を明かしても問題がないそうだ。

しかし人間に化けて行動しているときは、人間の法律も守らなければならない。

そこで動物園のみんなが穏便に珠を自由にするために考えた作戦は、『合法的に青山家に入れてもらい、珠を連れ出す』というものだった。

「珠ちゃんが自力で逃げてくるかとも思ったんだけど、どうしてたの？　人間に化ければ、こんな鍵くらい簡単に開けられただろうに」

珠が閉じ込められたケージには、人間に変化できるスペースが十分ある。

扉には鍵がついていたが、ひねって横にスライドさせるだけのもの。人間になれば中からだって簡単に開けて出られたはず。

白銀が不思議に思うのも無理はない。

でも珠だって、好きでこんなところに閉じこもっていたのではない。

『それが……今、どうやっても、人間に化けられないんです……』

「珠ちゃん……ママを亡くしたショックが大きすぎたんだね」

ママに元気になってほしくて猫又になったのに、結局、ママの助けにはなれなかった。自分の無力さが情けない。

それに、ママはもういない。

目的を失って、変化する気力を失ってしまったのだ。

自分のふがいなさに押しつぶされるみたいに項垂れる珠を、白銀は攻めることなくケージの隙間から指を差し入れて頰を撫でる。

「猫のままでは、この家から出るのは難しい。レイも来てるけど、下の階だし……何とか自力で人間に化けられない？」

『でも……何度やってみても駄目だったし……』

身体の隅々に力が巡るようイメージすればいいと、頭では分かっているのに、力が出ない。

こんなに弱気では叱られても仕方がないと思ったが、ケージの鍵を外して扉を開けた白銀は、その前にかがみ込んで穏やかな表情で珠と視線を合わす。

「初めて私と出会った日のことを覚えてる？　植え込みからしっぽが生えていたんだもの、びっくりしたよ」

『そ、その節は、大変ご迷惑をおかけしました』

　珠は慌てて深々と頭を下げたが、白銀は迷惑なんてとんでもないと笑う。

「なんだか素敵なことが始まりそうだと、胸がわくわくしたよ。実際に、君と始めた特訓はとても楽しくて、君に会えない日は夜の長さを持てあますほどだった」

『白銀様……』

　迷惑ばかりかけていたのに、そんな風に想っていてくれたなんて。嬉しくて、しっぽがゆらゆら揺れる。

　だが白銀は、あんなに気に入っていた珠のしっぽに目もくれず、珠と向き合ったまま話を続ける。

「求愛ダンスをしてしまったのは、無自覚だったけれど、あれは私の本心だ。ただ、あのときは君の心を乱して猫又になる妨げになってはいけないと思ったから、自制した。だけど、今はもう、躊躇《ためら》う要素は何もない」

『だけど、僕は猫で、雄で……』

「狐と猫でも、共に生きることはできるだろう？　仲間の狐より、子孫を残すことより、私は君を求めている。珠ちゃんと野山を駆けまわっていたときが、他のどんなときより楽しかった。私が自分らしくいられるのは、君といるときだけなんだ」

　言葉を切った白銀は一呼吸置き、改めて珠の目を見つめる。

「君に求愛したい。私と共に生きるために、人間に化けてくれないか？」

ずっと気を張り詰めて生きてきた白銀が、自分にだけ弱さをさらしてくれる。

そんな白銀を、抱きしめたい。

珠が彼の胸に抱かれて感じた温もりは、ただの体温じゃなかった。安心感や幸福感――目には見えないけれど確かにあった、素敵な気持ちを何分の一かでも返せるのなら。

「白銀様！」

両手を広げてケージから飛び出すと、珠を受け止めた白銀はバランスを崩して尻餅をつく。

「え？　し、白銀様？　ああっ！」

白銀が転ぶなんてと驚いた珠だったが、自分の姿にもっと驚いた。

長い手足に、体毛のない身体　あちこち自分の身体を見て、触って確認したが、猫の面影はどこにもない。

「に、人間に……なれてる！」

急激に珠の質量が変わったせいで、白銀は対応しきれずバランスを崩したのだ。

床に座り込む白銀に乗っかったまま呆然《ぼうぜん》としている珠の髪を、白銀は長い指で梳き、猫耳も消えたすっきりとした頭を撫でる。

「すごいよ、珠ちゃん！　こんなに素早い変化は見たことがない」

「だって、だって……白銀様に……白銀様を抱きしめたくって……」

「珠ちゃん。私も、ずっと君を抱きしめたかったよ」

抱きしめ合うと、これまで離れて過ごした無味乾燥な日々に、恵みの雨がもたらされたかのように心が潤ってくる。

「――みんなが下で青山を引き留めてくれてるけど、あまり時間がない」

ずっと白銀と抱き合っていたいと思ったのに、白銀は珠を引きはがして逃げる準備を促す。

白銀の頭の切り替えの早さを、頼もしくも恨めしく思いながら、珠は指示に従う。

「早くこの服を着て。人間の振りをしてこの家を出るんだ。この服……服……これ、を？」

自分が鞄から出した服を見て、白銀は絶句する。

珠の服は、以前に園長が用意した物を持ってきたそうだが、それは白のシャツにリボンタイ、膝丈のつりベルト付きハーフパンツにハイソックスと編み上げのショートブーツだった。

事前に確認しなかった自分が悪いと臍《ほぞ》を噛みつつ、白銀は珠を手伝って服を着付ける。

「園長……なんて服を用意したんだ……」

「あの……に、似合いませんか？」

「いいや。凶悪なまでに似合いすぎて……これじゃ、目立ってしまう」

これから脱出を計るというのに目立ってどうすると頭を抱えた白銀は、少しでもましになればと、自分が着ていた白衣を上から羽織らせた。

「この鞄も持って。私の助手の振りをするんだよ」

大勢で押しかけたのは陽動の意味もあるが、木の葉を隠すなら森の中、人を隠すなら人の中、とみんなに紛れて人に化けた珠を連れ出そうという作戦だったのだ。

珠が服を着終えたちょうどそこへ、陽動隊を振り切った青山が部屋へ入ってきた。

「珠！　ああ、先生。珠は元気にしているでしょう？　――珠？」

「青山さん。猫はどこにいるんです？　他の部屋ですか？」

「そ、そんなはずは！　確かにここに……ここのケージに！」

空っぽのケージを凝視する青山の目が、みるみる血走る。

何をしでかすか分からないと察したのか、白銀は珠を後ろへかばうように下がらせた。

「ど、どこへやった！　俺の猫を、どこへ隠しやがった！」

白銀は、胸ぐらに掴みかかってきた青山に動じることもなく、冷静に対応する。

「何の話です？　この部屋には、あなたが来るまで、私と彼しかいませんでした」

この部屋にいたのは、珠と白銀だけ。嘘はついていないと思うと、珠も慌てずにすんだ。

青山から視線を向けられて緊張に身を硬くしてしまい、緊張しすぎて耳としっぽが出やしないかとひやりとしたが、何とか堪えられた。

この部屋の窓は金具で打ち付けられて開かなくされていたし、そうでなくても庭には番犬がいるので、猫が外へ出れば吠えられて分かるはず。

だからまだ屋敷からは出ていないだろうと、青山はお手伝いを呼びつけ、珠を探すように命じた。

「おまえらの荷物も調べさせてもらうぞ！」

屋敷内に散らばっていた全員を広い洋風のダイニングに集め、青山は手荷物検査をすると言いだした。

珠がいないと気付いて真っ青になっていた青山だったが、今はこの中の誰かが猫を盗もうとしている盗人だろうと、憤慨して真っ赤になっていた。

だが集められた動物園のメンバーは澄ましたもので、無事に合流した珠を守るように取り囲む。

「あの……大丈夫でしょうか？」

調べられたらまずいことになるのではと不安がる珠に、園長は自信満々に胸を張る。

「大丈夫！　誰も嘘なんかついてないんだから、堂々としていればいいんだよ」

弁護士である草壁に迷惑をかけないよう、あくまでも合法の範囲で作戦を練ったという。

園長は博士号を取得していて『動物行動学教授』として年に何度か教壇に立っている。

白銀も、ただ白衣を着て獣医っぽい振りをしていただけで、名乗る際には『ニャンコの幸せを守る会の会員』と正直に言った。

『獣医』と名乗ったのは、本物の獣医の田村だ。

田村は猫好きで『ニャンコの幸せを守る会』という会を結成し、地域猫の見守りや健康診断を無料で行っている。リクは奉仕活動の一環で活動に参加していたし、白銀も暇を見つけては田村を手伝っていた。会員を名乗っても問題はない。

他の『トリマー』や『ペットケアアドバイザー』も、狐や狸でありながら各資格を保有している本物だ。

『保健所の方から来た』と言ったレイも、わざわざ保健所の方角を調べ、その方角からここへ向かったほどの凝りよう。

動物園で働く動物を含めた従業員が、一丸となって珠奪還作戦を決行したのだ。

「ったく、あんなおっさんに捕まってんじゃゃねぇよ」

「ご……ごめんなさい！　師匠様」

レイは悪態をついて珠の首に腕を回し、軽く締め上げてくる。

息苦しくても、レイの身体から伝わる温もりが嬉しくて、珠は逃げることなくされるがままだった。

「こーらっ。いじめちゃ駄目でしょー」

どうしたものかと目を白黒させていると、栄養管理士として参加した狸の美々《みみ》が、ひったくるようにレイから解放してくれた。

「珠さ――いえ、えっと……ご無事でよかった」

「リクくん！　君も来てくれていたの」

うかつに珠の名前を呼ぼうとして口元を押さえたリクに、珠は思わず抱きついた。

「あなたと同じくらいの年格好の人もいた方がいいからって、作戦に加えていただけたんです。あの事件の時にかばっていただいたご恩返しができたらと、ずっと思ってたので、来られてよかったです」

「わざわざ……本当にありがとう」

リクは、来ただけで何の役にも立ってはいませんがと謙遜《けんそん》したが、来てくれたことが嬉しい。

こっそり和気藹々《わきあいあい》としだす珠たちと違って、みんなの鞄を開けては失望するを繰り返している青山は、ますます殺気立ってくる。

「次は、そこのおまえだ！」

「あっ、はい！」

助手に扮《ふん》した珠も鞄を開けて見せたが、田村の往診セットが入っているだけ。

他のみんなの鞄も、役柄にふさわしいトリミングセットなど、何の不審もない物しか入っていなかった。

念には念を、と男性は青山が、女性は彼の妻が服の上からボディチェックまで行ったけれど何も出てこない。

珠も調べられたが、耳もしっぽも上手に隠したこの青年が、『猫の珠』だと青山に気付けるはずもない。

「くそっ、くそぉ！　あのバカ猫、どこへ行きやがった！」

もはや地団駄を踏む勢いで天を仰いだりきょろきょろと視線をさまよわす青山の前に、黙ってことの成り行きを眺めていた草壁が進み出る。

「珠は逃げてしまった、ということですね？　快適な場所であったなら、逃げようなどと思わないはずですが」

「そ、そんなはずはない！　俺は、ちゃんと……遺言どおり、あの猫を大事にしてたんだ！　遺産は俺のものだ！」

「遺産は、珠を引き取って快適な環境で飼育する者が継ぐ。しかし、一年以内に珠を死亡させた場合、もしくは珠が失踪した場合は、遺産を受け取る権利を失う——それが奥様のご遺言。あなたは、遺産を継ぐ資格を失われました」

「ま、待て！　まだ失踪したと決まったわけじゃない！　や、屋敷のどこかに隠れているんだ。絶対に捜し出すから！」

「猫がいないなら、俺たち帰っていいよな？」

草壁に詰め寄る青山に、レイは退屈そうに背伸びしながら、のんびり問いかける。

「さっさと帰れ！　俺は猫を探さないと……猫を……」

何かに取り憑《つ》かれたかのように、ふらふらと机の下をのぞき込む青山が、これまでとは違う意味で恐ろしくて、珠は白銀の服の裾を握った。

俯いて震える珠の肩を、白銀は力強く抱き寄せる。

「大丈夫だよ、珠ちゃん。うちへ帰ろう。——なかよし動物園へ」

「そうそう。みんなーっ、邪魔にならないようお暇《いとま》しよう！」

園長に促され、全員そろって青山の屋敷の外へ出る。

「やったね！」

「だーい成功！」

門をくぐって屋敷を振り返ると、無事に逃げ切れたことを実感する。

来たときより一人多いのに気付かれず青山の屋敷から出られたことに、みんなでハイタッチしたり抱き合ったりして笑い合う。

「私はもう少しここに残ります」

草壁は様子のおかしくなった青山が何をしでかすか心配なので残ると言い出したので、ここで別行動という流れになった。

どれだけ感謝してもしたりないほどの協力をしてもらった草壁に、珠は改めて深々と頭を下げて礼を述べる。

「草壁さん。助けに来てくださって、ありがとうございました」

「君が珠だなんて、不思議な気持ちだよ」

草壁は、珠の頭を撫でようと手を伸ばしたが、人間の青年の頭を撫でるなんて失礼と思ったのか、途中で手を止めた。

珠は、その手に自分から頭をすり寄せた。

「珠……君は本当に、珠だね」

仕草や眼差しに面影を見たのか、草壁は納得のいった様子で穏やかに微笑んだ。

「弁護士として、遺産絡みの問題で片方に肩入れすることはしたくなかったのですが、お世話になった奥様にとって息子同然の珠の権利を取り戻せたことは、やはり嬉しいです」

少しばかり倫理的に問題がある作戦だと感じたらしく、草壁は嬉しいと言いつつも複雑な表情だった。

しかし園長は、一点の曇りもない笑顔で草壁の肩を抱く。

「愛し合う者たちを引き合わせることは、最も果たされるべき正義！　神の定めたる文章なき法に従われたまでのこと。草壁さんは、まさに弁護士の鑑《かがみ》だ」

「そう言っていただけると……気が楽になります」

「ところで、珠のばあちゃんの遺産はどうなんの？　あのおっさん、珠そっくりの偽物を用意するんじゃやねぇか？」

「珠のＤＮＡが保存されていますので、ＤＮＡ鑑定で偽物とすぐに知れます。このまま『珠』が見付からなければ、慈善団体に寄付されることになりますね」

草壁は、もっともな疑問をぶつけるレイへ向き直り、園長はいいとこだったのに、と密《ひそ》かに舌打ちした。

「なんだよ。珠は何にももらえねぇのか」

「僕は構いません。これまでに、ママからはずっとずっとたくさんの愛情をいただいてきましたから」

「これからは、私がその役を引き受ける。ママの代わりに、私が珠を愛していく」

これ以上を望めば罰が当たるという珠を抱き寄せ、白銀は力強く宣言する。

当てられたレイは、そりゃあよかったと投げやりに舌を出し、園長はうちにも誰か寄付をしてくれないかなぁと都合のいい呟きを漏らした。

「珠、幸せになるんだよ。近いうちに、動物園へ会いに行くから」

「はい。ぜひ来てください！　僕も、いつかパンダに化けて皆さんに喜んでいただけるような、立派な猫又になりますから！」

青山家の前で見送ってくれる草壁と別れ、珠は懐かしい動物園へみんなと一緒に帰ることにした。


移動には電車を使うことになり、珠は初めて乗った電車におっかなびっくりだったが、みんなが付いていてくれたので何とか平静でいられた。

動物園の最寄り駅で下車すると、そこからは徒歩で十分ほど。

電車の中で、動物園へ帰ったら祝賀会を開こうという話になったが、園内の食堂にアルコールやおつまみのたぐいは置いていない。

今から買いに行こうと、みんなはぞろぞろ駅前のコンビニエンスストアに入っていく。

白銀と珠も続こうとしたが、園長に止められた。

「君たちの分も買っておいてあげるから、二人は先に行ってて」

なるべく二人きりにさせようという心遣いをありがたく受け取り、珠と白銀は手をつないで歩きながら二人の世界に浸る。

「そうだ。これを返さなくっちゃね」

「あっ！　首輪」

白銀が鞄から出してきたのは、珠が預けた首輪だった。

「これ、結構重いよね。つけてて大丈夫なの？」

「確かに重いですけど、ママが作ってくれたんですから、へっちゃらです」

猫のときにこの大きさと重さは、結構な負担だ。

しかしそれもママの愛情の証《あかし》と思えば、重みすらも愛おしい。ぎゅっと胸元で抱きしめた。

「兄様……」

もう少しで動物園だ。高い塀を見て、ほっとした気分になっていると、街路樹の陰から雪也が現れた。

「雪也……さん？」

襲撃事件の後からずっと会っていなかった雪也は、目に見えてやつれていた。落ちくぼんだ目は異様な輝きをおびて見えて、珠はぶるっと身震いした。

「雪也。おまえにも心配をかけたね。珠ちゃんは無事――」

「僕が心配してたのは、兄様のことだよ！　兄様に迷惑ばっかりかけて、こんな奴、帰ってこなきゃよかったのに！」

「雪也！」

今日の作戦のことを聞いて、白銀が危険な目に遭わないかと気を揉《も》んでいたらしい。憎しみに満ちた目で鋭く睨《にら》み付けられて怯《ひる》みはしたが、憎まれても当然なのだから逃げるわけにはいかない。

珠は雪也を叱ろうとする白銀の服を引っ張って止め、雪也に向かって深々と頭を下げた。

「雪也さん、ご迷惑をおかけしてすみませんでした。白銀様だけじゃなく、他の皆さんにも、本当にたくさんのご迷惑をおかけしてしまいました。だけど、僕は、これからがんばりますから！　他の動物にも化けられるようになって、動物園のお役に立てるように修行をして、少しでもご恩返しができるようにがんばりますから！」

「な、何だよ！　いい子ぶって」

「いい子ぶってるんじゃない。珠ちゃんは本当にいい子だよ。何度言ったら分かってくれるんだ」

「兄様！　兄様は、僕よりそいつの方が大事なの？　僕はもう、兄様の大事な弟じゃないの？」

「大切な弟だよ。だけど、珠も私にとって大切な、なくてはならない相手なんだ」

「何でこんな奴が……何で！　なんで？」

今まで、自分だけが特別だった雪也にとって、見下している猫と同列扱いは許せないことだったようだ。

パニックになった雪也は、珠に摑みかかってきた。

「雪也！　やめなさい！」

「あっ！」

白銀が、素早く珠の身体を自分の方に引き寄せてくれたが、珠は手にしていた首輪を雪也に奪い取られてしまった。

「か、返してください！」

「首輪なんかつけてる猫の分際で！」

激高した雪也は、珠にぶつけ損ねた憎しみを晴らすかのように、車道に向かって首輪を投げ捨てた。

市街の外れのこの辺りは交通量が少ないが、その分だけ車はスピードを出す。危ないから気を付けるよう言われていたが、そんなことは珠の頭からすっかり抜け落ちていた。

「やっ！　ママの――」

「駄目だ！」

首輪を追って飛び出そうとした珠の腕を引いて押しとどめた白銀が、珠の代わりに車道に走り出る。

「白銀様ぁ！」

「兄様ー！」

大きなダンプカーが白銀に迫るのが見えたけれど、突然の出来事に身体が動かない。

珠の視界から白銀の姿がかき消え、やけにゆっくりと、目の前をダンプカーが通り過ぎていく。

珠の横で立ちすくんでいた雪也は、一瞬後に膝から地面に崩れ落ちるように座り込む。

「し、ろ……がね……」

──白銀が、消えてしまった。車道のどこにも、白銀の姿がない。

「珠！　どーした？」

先にコンビニから出てきたらしいレイが、騒ぎに気付いて駆け寄ってきた。

レイに声をかけられ、呆然と立ち尽くしていた珠は正気に戻り、レイの両腕にすがるみたいに摑みかかる。

「し、白銀様が！　白銀様が──」

「白銀？　……おまえ、んなとこで何やってんだよ！」

呆れ顔のレイの視線を追って、向かい側の歩道を見る。

そこには、無事な姿で地面に座り込む白銀の姿があった。

「あ、あ……しろ、がね？　白銀！」

「あ、こら！　危ねぇ！」

珠はまた、後先見ずに車道へ飛び出そうとしたが、レイに腕をつかんで引き留められる。

それに、白銀の方が素早く立ち上がり、今度はきちんと左右を確認してから珠たちのいる方へ戻ってくる。

その途中、白銀は車道でかがみ込み、道から首輪を拾い上げた。

「し、白銀様！　白銀様ーっ！」

道を渡りきったとたんに飛びついてきた珠を、白銀は強く抱きしめる。

「珠……ごめん……」

「白銀様、白銀様……しろ……」

「大事な首輪を……守れなかった」

珠の前に差し出された首輪は、革の部分はちぎれ、金具もゆがんで飾りの石は外れかけてぼろぼろの状態だった。

大切な首輪だけれど、下手をすれば白銀がこんな風になっていたかもしれないのだ。

きっと白銀の身代わりになってくれた。

「し、白銀、様っ、しろ、がね、様が無事なら、いい……無事で、よかったぁー」

白銀が無事なら何もいらない。珠はその想いを込めて、白銀の首筋に腕を回して抱きついた。

「さすが、白銀様です。僕……あの大きな車に……白銀様が、白銀様が……」

轢《ひ》かれたかと思ったなんて、口に出すのも恐ろしい。白銀の頬や肩や背中を触りまくって怪我がないか必死に確認する珠に、白銀は苦笑いしながら大丈夫と視線を合わせて言い聞かせ、落ち着かせる。

「女の人が、私の手を引っ張って助けてくれたんだ」

「え？　女の人が？」

「珠ちゃんからは見えなかった？　向こうの道から引っ張ってくれたのか……どう助けられたのかはっきりしないんだけど、気が付いたら歩道にいて、きれいな女の人が笑いかけてくれてたんだ。首輪のことが気になって車道に目をやった隙にいなくなってしまって、お礼も言えていないのに、どこへ行ってしまったんだろう……」

ほんの一瞬、目を離しただけなのにと白銀は首をかしげる。

珠からは白銀以外の人など見えなかったが、死角になるところにいたのだろうか。

「レイは見てない？　ご主人と、お子さんも一緒だったんだけど」

「いや。向こうからは見えなかった」

別の位置にいたレイにも見えなかったという。

家族と聞いて、ふと珠の脳裏にママとご主人と息子の写った家族写真のことが浮かんだ。

「三十代の、ご夫婦と……四歳の、男の子?」

「そう! その人たちだよ」

珠も見たのだと思った白銀は、霞《かすみ》のように消え失せた家族の姿を探して、脇道もない道路にきょろきょろ視線を巡らせる。

だけど珠は、空を見上げた。

高く澄んだ冬の空には、白い綿雲がぽかりぽかりと浮いているだけ。

他に何にも見えはしないけれど、あの雲よりもっと高いところから、ママは約束どおり見守ってくれているのだ。

再会した家族とともに。

どこまでも澄み切っているのに果ての見えない空の遥《はる》か彼方《かなた》で、微笑む幸せな家族の姿が見える気がする。

「ママは、本当の幸せにたどり着けたんだね……」

それは、ただの勘違いかもしれない。けれども、珠はそう信じて、空の向こうのママに向かって微笑んだ。

雪也が騒ぎの元凶と見抜いたレイは、座り込んだままの雪也の背中を膝でこづく。

「またこいつが悪さしやがったのか。こらっ! 雪也! てめぇ、いい加減に……おい?」

不審げなレイの声が気にかかったのか、白銀は地面に座り込んだまま放心状態で身動きもしない雪也の前に膝をつき、顔をのぞき込む。

「雪也……雪也？」

「……に、様……にい、さ……」

雪也は目を開けてはいるが、見ている物を意識することができないのか、自分の目の前にいる白銀をぼんやりと呼び続けるだけ。

自分のせいで、大好きな兄が死ぬところだったのだ。そのショックは、雪也の心の均衡を壊してしまったようだ。

「雪也。私は大丈夫だから。——しっかりしなさい！」

白銀が雪也の肩を摑んで金色に変わった目で見据えると、雪也の目がゆっくりと焦点を取り戻す。

それと同時に、見開いた目からぽろぽろと涙がこぼれ落ちた。

「にぃ、様？　兄様！　ごめんなさい！　ごめんなさい！」

白銀にすがりつき、子供のように泣きじゃくる雪也の背中を、白銀は癒やすようにゆっくりと撫でる。

「雪也……私より、珠ちゃんに謝らなきゃいけないだろう？」

しゃくり上げながら、立ち尽くす珠を見上げた雪也は、ぐっと唇を嚙みしめ、ぷいと視線を逸らした。

「雪也！」

白銀は、雪也の態度にさすがに怒気を含んだ声を上げたが、珠はそんな雪也を見て、恨むより申し訳ない気持ちになった。

ずっと、彼が白銀の一番だった。誰よりも素敵で自慢の兄を、雪也から奪ったのだ。

雪也の悲しみも憎しみも、痛いほど分かる。

だけど、白銀は誰にも渡したくない。

「いいんです。白銀様。彼の一番大切な宝物を、僕が奪ったから。謝らなきゃいけないのは僕の方です」

珠は自分も地面に膝をつき、雪也と視線を合わせた。

「雪也さん、ごめんなさい。——でも、白銀様は、もう僕のものです」

ママが言っていた、幸せを見つけたのだ。

絶対に手放さないという強い意志を込めて見つめると、一瞬鼻白んだ雪也だったが、すぐに今までどおりの鋭い視線を珠に向けた。

「大事にしなかったら、すぐに取り返してやるからな！」

「大事にします。何よりも」

まだ事態がよく把握できていないでいたレイだったが、また雪也のせいでもめ事が起こったが、珠もそれに負けてはいないと分かったようだ。

おもしろそうににやけながら、事態をかき混ぜにかかる。

「んなこと言って、いいのか？　珠。白銀は結構、独占欲強そうだから、『珠は私のものだー』とかって束縛しだしそうだぞ」

「僕は白銀様のものですが？」

「あー……さいですか」

分かりきったことを今更言われて、それがどうしたんだろうと首をかしげる珠に、レイは呆れて頭をかき、白銀は肩をすくめておかしそうに笑った。

「しかし、雪也と張り合えるようになるたぁ、珠も強くなったもんだ。それに引き替え、おまえはいつまでも、兄ちゃん兄ちゃんでどうすんだよ！　進歩のねぇ野郎だ。俺がその腐った根性を鍛え直してやるよ！」

「痛いな！　どこ摑んでんだよ、放せっ！」

どうも珠を指導して以来、レイはすっかり教えたがりになってしまったようだ。雪也の首根っこを摑んで、引きずるように動物園へ連行していった。

二人きりになると、白銀は手にしていた首輪をおずおずと珠に差し出す。

「すまない。雪也のせいで、君の大切な宝物を……。何とか元どおりに直せないか、手を尽くすよ」

「いいんです。これが、この首輪の役目だったんですから」

「え？　これは、君の大事なお守りだろう」

「だからです。僕の大事な白銀様の、身代わりになってくれたんです」

白銀を失うことは、自分の命を失うのと同じくらいに辛いこと。

愛する人を失ったママは、そのことを誰よりもよく知っていた。だからこの首輪は、珠だけではなく、珠の愛する相手を守ることが使命だったのだ。

「そうか。じゃあこれからは、この首輪の代わりに私が珠ちゃんを守るよ」

白銀は、首輪に向かって誓いを立てる。

金具はゆがんでいるが、割れずに残ったチャームの金色の石は光をはじき、キラキラと輝く。

今は黒い白銀の目に、金の光が差してとてもきれいだ。

ダイヤモンドより珠の瞳の方が美しいと言ってくれた、ママの気持ちがよく分かる。それと同時に、自分がどれだけママに愛されていたかを改めて感じ、珠の胸は熱いくらいに温かくなった。

愛しげに石を見つめていた白銀だったが、不意に考え込むように眉根を寄せる。

「白銀様？」

「この石は……。珠ちゃん、これを少し預からせてもらってもいいかな？」

「はい。構いません」

ママからもらった大切なものだけれど、白銀に預けるのなら自分が持っているより安心だ。だが白銀は、何やら調べてみたいから、となんだかよく分からないことを言って、ハンカチにくるんで丁寧に鞄の中にしまい込んだ。

全員が動物園に帰り着くと、園内の食堂で『珠奪還成功祝賀会』が開催された。レイは雪也のお説教を続けているのか二人の姿はなかったが、園内で待っていてくれた他の職員や狐狸も集まってのどんちゃん騒ぎとなった。

みんなにお礼を言って回った珠が食事を終えると、白銀は珠の手を取りそっと食堂から抜け出す。

「今日は疲れただろう？　もう帰らせてもらおう」

「でも、僕のために開いてくださった食事会なのに……」

「いいんだよ。みんな名目はどうあれ、騒げればそれでいいんだから」

出入り口から振り向いてみると、白銀の言うとおり、二人が抜け出したことに気付いた風もなく、みんな陽気に騒いでいる。

いろいろあって疲れていてもおかしくはないが、気持ちが昂《たか》ぶっているのか疲れを感じない。それでも珠も、白銀と早く二人きりになりたい気持ちはあったので、手を引かれるままに歩きだした。

白銀は、珠を動物園のすぐ脇にある寮の、五階にある自分の部屋へ連れていってくれた。園長は研修生として珠の部屋も用意してくれると言ったが、それまではこの白銀の部屋に身を寄せることになっていた。

——白銀との同室は、応急的対応ということだったが、きっと恒久的になることだろう。

白銀はソファにシーツを掛け、毛布とクッションで簡易のベッド作りを始める。

「あの、自分でできますから」

自分の寝床くらい自分で整えると申し出たが、白銀は自分がこちらで寝ると言う。

「珠ちゃんはベッドを使って」

「家主のベッドを乗っとるなんて、とんでもないことです」

「いろんなことがあって疲れているんだから、ゆっくり休みなさい」

それは白銀だって同じだろう。自分のために獣医に扮したりダンプカーに轢かれかけたり、大変な目に遭ったのだから、きちんと身体を休めてほしい。

だけど白銀は優しいから、遠慮したらそれはそれで困らせてしまいそうだ。

「それでは、ベッドで一緒に寝ましょう！」

「え？　そ、それは……さすがに……まだ、早いのでは」

「お邪魔にならないよう、猫の姿に戻りますから」

「あ……そうか……寝るって、そういう意味か。うん。そうだよね」

足元にでも寝かせてもらえれば、あんまり邪魔にはならないはず。

珠の提案に、白銀はほっとしたような残念なような、複雑な表情を浮かべて頷いた。

「珠ちゃんが、猫の姿の方がリラックスできるなら、それでいいよ。ただ、足元で寝るなんて、寂しいことを言わないで。一緒にお布団に入って寝よう」

「いいんですか？」

一緒に寝るなんて、ママとだってしたことがない。ママは寝返りで小さな珠をつぶしてしまうのではと心配して、布団の中には入れてくれなかったから。

白銀とは、猫又になれた日にも一緒に寝たが、あのときのことはぼんやりしていてあまりよく覚えていない。

白銀に抱っこしてもらいながら眠れるなんて、幸せすぎて逆に眠れない気がする。

でも猫の姿では、腕を回して抱きしめ返すことができない。それが、ちょっぴり残念に感じた。

でもそれは白銀も同じだったのか、珠の耳をちょいと引っ張り顔を寄せてささやきかけてくる。

「猫の姿の珠ちゃんも好きだけど、できればこの姿で一緒に寝てほしいな」

「白銀様がいいのなら」

「もちろん。じゃあ、お風呂に入って、もう休もう」

「お……お風呂……」

「珠ちゃんは、お風呂嫌いなんだ？」

「うぅ……はい」

珠がお風呂に入れられるのは、半年に一度程度だったけれど、堪らなく嫌だった。毛がぺったりと身体に張り付いて重くなるし、自分の匂いが消えて不安になるし、何より生理的に水が怖い。

でも、この人間の姿では舌が届かない場所が多すぎるから、舐めて身体をきれいにすることができない。

せっかく白銀と一緒に寝られるんだから、身体をきれいにしてからお布団に入りたい。

「シャワーだけでも怖いかな？　無理なら、私だけさっと浴びてくるから」

「いいえ！　僕もシャワーを浴びたいです！　白銀様と一緒なら、怖くない気がします」

「私と……一緒に？」

「駄目ですか……」

図々《ずうずう》しいお願いをしてしまった。

猫耳のままだったら、ぺしょんと後ろに倒しきっていただろう。

そんな珠を見て、白銀は何故かやたらと狼狽《うろた》える。

「駄目なんかじゃないよ！　ただ……私の理性が、持つかどうかという問題で……」

「白銀様のご都合が悪いのでしたら――」

「いや！　大丈夫。耐えられる。いや、耐える」

何故か一大決心をしたような表情の白銀と一緒に脱衣所へ行き、白銀に手伝ってもらって服を脱ぐ。

ママの屋敷では、空調が効いていたのでシャツを羽織るだけのことが多かった珠は、ボタンのつけ外しが苦手だった。

珠が寒くないように、と白銀は先に自分が脱ぎ、それから珠のボタンを外すのを手伝ってくれる。

「あ、本当だ」

シャツが脱げたので今度はズボンを脱ごうと俯いた珠は、目にした光景にぱっと表情を輝かせた。

「ん？　何が？」

「白銀様のも出っぱなしなんですね。……でも、ずいぶん形が違います」

自分と同じように、白銀の股間でも生殖器が出っぱなしになっている。

それは基本的には自分と同じなのだが、形状が違う。大きさや色の違いは体格差のうちと思えたが、自分のはだらしなく俯いているのに対して、白銀のは上向きで堂々としている。

耳としっぽが消せるようになっても、やっぱり自分は出来損ないなのかと、どよんとした表情になる。

それを見た白銀は、今までに見たことがないほど取り乱す。

「こ、これは、そのっ、生理現象で！　こうなることもあるというだけで、これが普通なわけではないから」

珠の状態の方が普通だと言われ、それじゃあどうして白銀は『普通ではない状態』になっているのか、心配になる。

「白銀様！　ご気分でもお悪いんですか？　それとも、何かのご病気？」

だったら大変だ。慌てる珠を、白銀は苦笑いしながら抱きしめた。

「可愛い珠ちゃん……君が可愛すぎるから、困っているだけだよ」

「ぼ、僕のせいなんですか！　どうすれば治りますか？」

「それはね――」

顔を近づけてくる白銀を真剣な面持ちで見つめると、白銀は困った様子で肩をすくめた。

「珠ちゃん……これは、発情してるから、こうなってるんだ」

「え！　あ、そういえば、狐は冬が発情期なんですよね」

発情期の生理現象なら、仕方がない。身体的な変化までは現れなかったが、珠だって何となく下半身がそわそわする時があった。

だが白銀は、そういう問題じゃないと首を振る。

「人間の姿のときは、人間と同じように発情する。人には決まった発情期はなくて、好きな相手といると発情しちゃうんだ」

「好きな……相手……？」

「発情期だからじゃなく、珠ちゃんと一緒だから、発情してるんだよ」

「そ、そんなこと……だって、僕は白銀様みたいにきれいじゃないし、白銀様がお好きな細いしっぽも今はないし……」

発情される要素が何もない。そう考え込む珠に、白銀は何もないなんてとんでもないと、すらすらと珠の魅力を羅列する。

「黒い髪に、白い肌。大きな目に可愛い唇……細いしっぽがなくっても、すべてが素敵だよ」

「そ、そんなこと、なっ――クシュン！」

空調の効いた室内でも、素っ裸では寒い。身震いしてくしゃみをした珠を連れて、白銀は風呂場に入った。

「このぐらいのお湯で、熱くないかな？」

「あ、は、はい……熱くない、です」

白銀が出してくれたシャワーのお湯を指先でちょいちょいと触って温度を確認する。

おっかなびっくりな珠を見て、白銀は怖くないとばかりに先に自分がシャワーの下に立ち、頭からお湯を被《かぶ》る。

気持ちよさそうにシャワー浴びながら、白銀はしっぽを出して手招きするように上下に振る。

「おいで。ほら、怖くないから……って、濡れちゃうと形なしだな……」

白銀は、珠がじゃれついてくるかもとしっぽを出したようだが、ふかふかの毛が水に濡れて、いつもの三分の一もない太さになった。

ぺしょんとしたしっぽを見て、肝心なときにこの有様とはと、しっぽと共に現れた耳を倒す白銀が、とても可愛く見えた。

役に立たなかったしっぽをしまい、どうやって怖がらせずに珠にシャワーを浴びさせるかを思案してくれる白銀の優しさが嬉しい。

水しぶきが足にかかるのでさえびくついていた珠だったが、思い切って白銀の胸に抱きついた。

「うぅっ！　あ……お湯……温かい……」

「怖くないだろ？」

髪の毛は濡れて顔に張り付いてくるが、体毛がないので水はするすると珠の身体を流れ落ちていく。これならそれほど怖くない。

何より、白銀が一緒にいてくれている。

珠の髪を梳いて顔を上げさせて視線を合わせてくる白銀の、たくましい胸と、優しい手に、安心してすべてをゆだねた。

「……白銀様、本当に大丈夫なんですか？」

腰の辺りに硬い物を感じて見てみると、白銀の生殖器はさらに大きくなり赤みまで帯びている気がする。

それを指摘すると、白銀は落ち込んだ様子で俯く。

「珠ちゃん……そこは気にしなくていいから」

「でも白銀様、とっても辛そう……僕にできることがあれば、何でもします！」

「――珠ちゃん！」

辛そうな白銀を、見ているだけなんて耐えられない。

何かできることはないか、眉根を寄せる白銀の頰に手を添えて訊ねると、強く抱きしめられて唇で唇をふさがれる。

これ以上しゃべっちゃ駄目だからかと思ったが、白銀は角度を変えて何度もむさぼるように唇を合わせる。

「ん……んぅ？　んっ、んーっ」

言葉の稽古のときにも唇を合わせたけれど、なんだか違う。口をふさがれているからだけじゃない息苦しさに、珠はうめいた。

その声が耳に入ったのか、白銀ははじかれたように自分から珠を引きはがした。

「た、珠ちゃん！　ごめん。私は、また……こんなことを……」

「白銀様？　どうして謝るんですか？」

「さっきの……唇をくっつけるのはキスといって、同意のない相手とはしちゃいけないことなんだ。なのに、君があんまり可愛いことを言うから……我慢できなくなって……」

「それじゃあ、同意します！　白銀様とキスしたいです」

驚いたし、胸がぎゅーっと苦しくもなったけど、嫌ではなかった。むしろ白銀と言葉のない会話を交わしたみたいな不思議な気分で、心地よかった。

白銀がしたいことならどんなことでもしてかまわないと微笑む珠に、白銀はますます苦しげな表情になる。

「珠ちゃん……私は、君が何も知らないのをいいことに……つけ込んでしまう」

「僕は何も知らないから、白銀様に教えてほしいです」

自分の無知が白銀を苦しめるなら、知らないことは全部白銀に教えてもらいたい。

迷いのない眼差しで見つめる珠と目線を合わせた白銀は、今までにないほど自信なさげだ。

「それなら、約束してくれる？　私が何をしても、嫌いにはならないと」

やめてほしいと言えばすぐにやめるから、嫌いにだけはならないでと懇願してくる白銀に、珠は拍子抜けして肩に入っていた力を抜いた。

「白銀様を嫌いになるなんて、そんなこと絶対にないです！　だって、白銀様のこと大好きですから！」

「珠ちゃん……ありがとう。私も、珠ちゃんが世界中で一番好きで――愛しているよ」

ここでは駄目だからと言われて風呂場から出ると、白銀はバスタオルで珠の身体を拭いてくれた。

そのままタオルでくるまれた珠は、白銀に抱き上げられる。

「あの、自分で歩けますけど……」

「ごめん。珠ちゃん。ちょっと……もう、限界かも」

何が限界か分からないまま、連れていかれた先は寝室だった。

ベッドの上に降ろされると同時に組み敷かれ、白銀にのし掛かられる。

「君が、動物園に来てくれなくなったときも、青山に連れ去られたときも、どうして強引にでも君をさらってこの部屋に閉じ込めてしまわなかったんだろうって、後悔した。君を私だけのものにできたらと、ずっと思っていた」

「白銀様……それは、僕もです！　みんなに好かれる立派な白銀様を独り占めできたらって、ずーっと思っていました！」

「私は植え込みからはみ出した珠ちゃんのしっぽを見たときから、ずっとだよ」

だから自分の方がたくさん珠のことを好きだと主張する白銀に、珠はそんなのおかしいと反論する。

「しっぽを見ただけで好きになるなんて、しっぽだけみたいで……嫌です」

「こんなに素敵なしっぽの持ち主なら、きっと素敵な子に違いないって直感したんだ。しっぽは嘘をつかないからね」

それは確かに言えている気がする。

態度に出さないようにしようとしても、耳としっぽはなかなか制御できないから。

反論の余地を失い、ぷうっとむくれた珠のつやつやの頰に、白銀はかっぷりと嚙み付く振りでキスをした。

「出会ったときからずっと、珠ちゃんが好きだった。こうして一緒にいられるようになって、嬉しいよ」

「白銀様……僕も嬉しいです。ずっと、白銀様の側にいさせてください」

「もちろん。放さない。何処へ連れ去られても、必ず捜し出して取り戻す」

「白銀様……」

覆い被さってきた白銀の重さを受け止められる喜びに、珠は白銀の背中に腕を回して強く抱きしめた。

唇を挟み込む軽いキスを何度か繰り返し、白銀は頰や首筋にもキスの範囲を広げていく。

そうしながら、舌を使って珠の肌を舐め始める。

「んんっ……あ、あの……人間は身体に毛が生えてないのに、どうして毛繕いをするんですか？」

「これは……毛繕いじゃないよ」

「そうなんですか？　でも、毛繕いみたいに気持ちいいです」

そうは言ったが、いつもの毛繕いとはなんだか違う。胸の奥から、熱がどんどんあふれ出てくる気がする。

初めての感覚に戸惑うばかりの珠と違って、白銀は珠の身体を余すところなく味わうみたいに首筋から鎖骨、胸元まで丹念に舌を這わす。

「ふうぅっ、ひあっ！」

「珠ちゃん……ここは、嫌？」

平らな胸に、ぽつんとある突起。そこを吸い上げられると、変な声が出て驚いた。白銀も驚いたのか、顔を上げて不安げな眼差しで問うてくる。

「い、いえ。なんだか……変な感じがして驚いただけで、嫌じゃないです」

こんなことで嫌がっていると思われたくなくて、珠は両腕で白銀の頭を抱いて、髪に頬ずりする。

それで気持ちが通じたのか、白銀は今度はさっきと逆の方も舐めたり軽く歯を立てたりしてきた。

「んあっ、はぁ……ふ……うっ」

やっぱりそっちも声が出てしまったけれど、もう大丈夫と分かったからか、白銀は執拗《しつよう》にその小さな突起を舐めたり、指の腹で撫でたりと、より珠が声をあげるようなことをしてくる。胸を舐められているせいだろうか、珠の胸の鼓動はどんどん速くなってきて、呼吸が荒くなる。

猫のときには感じたことのない感覚に、自分の身体はどうなっているんだろうと頭をもたげて見てみる。

「あ……よかったぁ。白銀様のと似た形になってきてる！」

「え？　何のこと？」

突然嬉しそうな声をあげた珠に、突起にむしゃぶりついていた白銀も顔を上げた。

その白銀に、珠は息を弾ませながら、自分の下半身を指し示して報告する。

「ほら！　僕の生殖器も、白銀様みたいに上向きになってます」

「本当だ。珠ちゃん……私に発情してくれるんだね」

唾液に濡れた唇で微笑む白銀の表情は、なんだか普段と違って蠱惑的《こわくてき》で、胸がきゅっと締め付けられたみたいに一瞬息が止まった。

身を硬くした珠と違い、白銀は微笑みを浮かべたまま珠の股間に手を伸ばし、変化を確認するみたいに先端から根元までそっと手のひらで撫でる。

「ふぁっ！　な、何？」

すうっと軽く撫でられただけなのに、背中がしなって身体が跳ね上がる。

鼓動はドキドキからズキズキにまで変わるほど速まって、血液が身体中を巡っているのを感じる。それが白銀の触れる箇所に集まっていくようで、熱く滾《たぎ》ってくるのを感じた。

「やっ……な、何、これ……怖、い」

下半身に血液が集まって、頭からは血の気が引いていくよう。

視界まで暗くなる気がするほどで、微かに震えると、笑みを消した白銀が珠の頬に手を当てて心配そうに顔を見つめてくる。

「珠ちゃん、怖い？　あそこを触られるのは、嫌？」

「嫌じゃないです！　ちょっと、び、びっくりしただけでっ」

さっきの嬉しそうな白銀の顔を見て、嫌だなんて言えるはずがない。

それに胸の高鳴りは、怖さだけではなく、未知への好奇心からでもあった。

自分の知らなかった感覚を、白銀が引き出してくれる。それが嬉しくて、珠は白銀に笑いかける。

「白銀様がしてくれることは、何でも受け入れます。だって、白銀様が大好きだから――うあっ、んっ！」

「珠ちゃん。珠ちゃん、可愛い、もう……本当に我慢ができないよ！」

すべて言い切る前に、白銀はまた珠の小枝みたいにしなやかに硬く立ち上がった茎を手のひらで包み込む。

そうして、そこへ顔を近づけ、つやつやとピンク色をして張りのある亀頭に、舌なめずりして食らいついた。

「そ、そこっ……た、食べちゃうんですか？」

「そうだね。食べてしまいたいくらい、愛しいよ」

そう言うけれど、白銀は大きな舌でなめ回し、唇で吸い付いてくるだけで歯は立てない。

ぐっと飲み込むみたいに奥まで咥《くわ》え、珠の先端部分は喉の奥と舌で圧して茎は舌先で裏筋をなぞられる。

「んあっ、ん！　ふぁ……あっ！　はっ、し、しろ、がねさ……んやぁ、ん！」

白銀の舌と唇の動きに合わせて、言葉にならない声がひっきりなしに漏れて、いつ息をすればいいのか分からないほど混乱する。

上半身を起こし、白銀の頭を引きはがそうとしてしまうが、指に力が入らないし身体もびくびく震えて少しもじっとしていられない。

白銀の髪に指を絡めて、身もだえる。

「珠……可愛いね……珠……」

珠の股間に顔を埋めたままの白銀は、目線だけ上げて珠を盗み見て、口をすぼめてなおいっそう強く陰茎を吸い上げた。

「やあっ！　それ、駄目ぇ！」

うずうずとした熱が腰の辺りで渦巻いていて、白銀の咥える先端から、外へ出たがっているみたいに感じる。

「すっ、吸っちゃ、やぁ！　な、何か、出ちゃう！」

「……いいよ……出して」

いったん珠を解放した白銀は、言葉少なくそれだけ言うとまた先端からゆっくりと口内に飲み込んでいく。

やっぱり食べちゃう気なんだ。そう思うと、怖さより興奮でぞくぞくする。白銀に食べられて、ひとつになれたら――ずっとずっと離れなくてすむ。

そうなったらどんなに素敵だろう。

「ふうぅ……も、ホント、に……でちゃ、う……んんっ！」

何がどうなるのか怖かったけど、白銀のするのに任せると、腰の奥の疼きは胴震いと共に引いて、熱くて熱くて堪らなかったものがあふれ出た気がした。

「あ……はぁ……いま、な、何か……」

緊張が一気に解けたのか脱力感に襲われ、何が起こったのか分からないままくったりとシーツに身体を投げ出す珠の顔を、白銀は口元をぬぐいながらのぞき込んでくる。

「気持ちよかった？」

「は、い……白銀様……今の、なぁに？」

「私が、君の発情を鎮めただけだよ」

「発、情……を？」

まだ震えるほど不確かな身体を何とか起こして自分の股間の生殖器を見てみると、確かに普通の状態に戻っていた。

「そうか……ああすればいいんですね！」

まだふらつく身体を気合いで起こした珠は、その勢いに何事かと目を見開く白銀の上に乗っかった。

「僕もやります！」

今度は、自分が白銀のを鎮めてあげる番だ。

上手にできるか分からないけれど、白銀がやってくれたみたいにすれば、きっと大丈夫。

「た、珠ちゃん？　君はそんなことしなくても――」

「やらせてください」

白銀が起き上がろうと仰向《あおむ》けになった隙を突いて、珠は身体をずらして白銀の股間に割りいった。

白銀の生殖器は、目の前に見ると自分のよりずいぶんと大きく感じた。

斜めにまっすぐだった自分のと違いそり気味で、先端も大きく張り出している。

指先でそっと触ってみると、その滾る強張りの先は熱くて、溶けているのか先端から透明な液が流れ出ている。

珠はそれを丁寧に舐めとった。

「珠ちゃん？」

「できます！　したいんです」

白銀のものなら何でも欲しい。すべて自分のもの——他は何もいらないけれど、これだけは譲れない。切実な想いを込めて、珠はぺろぺろとせわしく舌を動かした。

「そんなに一所懸命になって……なんて可愛いんだ」

珠が発情を鎮めにかかると、白銀はもう止めはせず、上半身を起こして珠が上手にできるかを見守るみたいに珠の顔にじっと視線を注ぐ。

「上手だね、珠ちゃん」

白銀が悦《よろこ》んでくれている。それが嬉しくて、恍惚《こうこつ》とした気分になる。目を細めて、なおいっそう饒舌《じょうぜつ》にぺろぺろする。

「ん……んぅっ……んー」

「くっ……珠ちゃ……」

白銀が自分を見ている。口に含んだ白銀の生殖器を、がんばって奥まで飲み込めば、思った以上の大きさに喉がつまってえずきそうになる。

それでも、白銀に艶《つや》っぽい声で名前を呼んでもらえたら、この程度の苦しさくらい何ともなくなる。

さっき白銀がしてくれた気持ちのいいことを思い出しながら、珠は必死に舌と唇を動かす。

唾液と、白銀からあふれてくる液体とで、口の周りまでべとべとになるけれど、それも気にならない。

くちゅくちゅと水っぽい音が漏れて、その音を耳にすると、妙に気分が昂ぶってくる気がする。

口内に含んだ白銀の茎が脈打っているみたいに感じ、その脈動に合わせて珠の身体もかすかに揺れる。

リズミカルに口内への抜き差しを繰り返していると、腰から下腹部にかけて熱い疼きが蘇ってきて、腰をもぞもぞさせてしまう。

「もう、いいよ」

「んっ、え？　そんな……」

ちゃんとできていたつもりだったのに、何がいけなかったんだろうと不安になる。

顔を上げた珠の口元をつたう唾液を親指でぬぐい、白銀はそうじゃないと微笑みかける。

「珠ちゃんが辛そうだ、私のは他の方法で鎮めてもいいかな？」

白銀の悪戯《いたずら》な視線の先、自分の股間を確かめて、珠は目を丸くした。

「あ……また……」

さっき白銀に元に戻してもらったばかりなのに、もう発情している。

「今度は、私のと一緒に気持ちよくなろう」

「白銀様と一緒に？」

息を弾ませ、おでこをくっつけて提案してくる。こんな艶っぽくて悪戯めいた白銀の表情は見たことがない。

きっと、知っているのは自分だけ。

そう思ったら、気持ちはどこまでも昂ぶって、何でもできると思えるほど気が大きくなる。

「ただ、君にはちょっと……いや、かなり無理をさせてしまうから、できるところまで――」

「大丈夫です！　白銀様と一緒に、がいいです」

白銀と一緒に気持ちよくなれたら、どんなにいいだろう。

珠は、何でもするからと、白銀に抱きついて身を任せた。

「もう少し……腰を上げて」

「は、はい……」

俯《うつぶ》せにされた珠は、膝をついてお尻を突き出す格好をさせられた。

猫の背伸びの体勢によく似ている。

猫のときは何気なくしていたはずなのに、人間の姿のときは恥ずかしい。

特に、白銀に見られていると思うと、嬉しいことのはずなのに顔がストーブに近付きすぎたときみたいにかっかしてくる。

「へ、変です！　僕……」

「どうしたの？」

「なんだか……は、恥ずかしい、です……」

「それは、ちゃんと人間に化けられてる証拠だよ」

猫のときには、どこを見られても触られても、恥ずかしいなんて思ったことはなかったのに。

恥ずかしいと感じるのは、人間の感性。人間に化けているから、そうなっているだけで、少しも変なことじゃないと慰めてくれる。

「無邪気な珠ちゃんも可愛いけど、恥じらう姿もいいね」

「ふ、えっ？　そ、そこも？」

自分も四つん這いになった白銀は、珠の双球に両手をあてがい、中心の窄《すぼ》まりをぺろりと舐めた。さらに舌をとがらせ、ひだをほぐすみたいに丁寧に外側から内側に舐め上げ、中心にたどり着くとそこへ舌をねじ込んでくる。

「な、中？　中は……やぁっ、くっ、んあぅっ」

つい嫌だと言いそうになって、とっさに言葉を飲み込む。

何がどうなるのか分からないけれど、白銀がしたいことを知りたい。

腰がむずむずして、前を舐めてもらったときよりずっと身体が熱くなる。

「んぁっ、あんっ、あ、熱っ……溶けちゃう……溶けちゃい、ます……んあっ！」

「本当だ……蕩《とろ》けそうなほど、熱いね」

つぷっと舌より硬い物が入ってきて、珠の中を探るみたいにかき回してくる。

——白銀の指が、自分の中に入ってきた。

それだけで、総毛立つほど嬉しい。

「ふぁっ、あ……あん、ぅあっ、んっ」

肌で感じていたのとはまた違った感覚に、珠の意識はそこへ集中する。

どんどん感覚が敏感になって、白銀の指の動きに合わせて声が漏れる。

白銀の荒い息も背中に感じて、それもまた身震いするほど珠を昂ぶらせる。

「ああっ、しろ、がね……白銀、様ぁっ！」

「珠ちゃん……もう……いい？　もう、我慢できない」

何を問われているのか、理解できないほど頭の中がぐちゃぐちゃになっていた。だけど白銀に我慢なんてさせたくなかった珠は、こくこくと頷いて同意する。

それを見た白銀は、ふっと口元に笑みを浮かべて珠の身体から指を引き抜き、珠を仰向けにしてのし掛かってきた。

その白銀の股間を目にして、どういう意味か分かった。

白銀の生殖器は、ぴくぴく震えて滴を垂らしている。

きっとあの熱を吐き出したいに違いない。その熱を自分の中に受け止めたくて、珠は白銀の頭に腕を回して抱きしめた。

「白銀様……白銀様のを、僕にください！」

「珠ちゃん！　本当に？」

息を弾ませ、額に汗をにじませて訊《き》いてくる、白銀の嬉しそうな表情が、涙が出るほど嬉しい。

白銀に言われるまま大きく足を広げ、その足を自分の手で支える。

白銀ほどではないけれど、そそり立つ自分の生殖器も、お尻の窄まりも、全部見られている。

耳まで熱くなるほどの恥ずかしさに、思わず目を閉じる。

「珠ちゃん。息を、大きく吐いて」

「は――んっう！」

ぐっと体重をかけてのし掛かってきた白銀の言うとおりにしようとしたが、お尻に感じた衝撃に吐き出そうとした息もつまる。

「ん、なぁ……なっ……んっ」

目を開けると、世界がちかちかしている気がする。その中で、白銀が腰を進めて自分の中に猛《たけ》った生殖器を埋め込もうとしている。

「しろ……が……はぁっ、っくん」

先っぽが入っただけみたいなのに、繋がった部分が焼け付くようにひりひりとする。

それでも、どうしてかもっと入れてほしくて、珠は懸命に息を吐く。

「珠……痛、い？」

訊ねる白銀の表情の方が痛そうだ。痛いほどの発情を、自分のために堪えてくれている。

そう感じ取れて、珠の顔は自然とほころぶ。

「痛く、ても……いい。白銀、さま……欲しい」

「珠ちゃん。本当に、本当に君を愛してる」

泣きそうに潤んだ目で微笑んだ白銀は、また珠の唇にキスして、ゆっくりと腰を進め始める。

少し進めては、珠の様子を見て引く。その繰り返しで、慎重に繋がりを深くしていく。

「ふっ、うっん……しろ、白銀ぇ！　……あ！　あぁんっ」

白銀が珠の腰を持ち上げると、珠の生殖器が白銀の腹に触れる。

それだけの刺激で、びくびく身体が震えた。

大きく口を開けて白銀を呼ぶと、一気に繋がりが深まったのを感じた。

「はっ……珠、入った……珠ちゃんの……中……」

珠の耳元で熱い吐息でささやく白銀に、嬉しいと言いたいけれど、苦しくって声も出ない
珠は、白銀の頭を抱きしめることで応えた。

いつの間にか、珠は自分の足から手を離してしまっていた。

白銀は、不安定に宙に浮かせていた珠の足を、自分の背中に絡ませるよう、手でサポートをかけて導く。

「しっかり、つかまって」

「ん……あっ！」

軽く腰を引く白銀を、離れてほしくなくて絡めた足でとっさに引き寄せようとした。だがその前に、白銀はまた深く珠の中に入ってくる。

「んあうっ、んなっ……なぁ、に……はっ、はぁ、ああ！　は……」

失いそうで、失わない。浅く深く突き上げられると、身体の中をかき混ぜられているみたいで、思考まで混乱してくる。

繋がった部分の痛みも、熱さに感じて体温を上げていく。鼓動も限界まで速まって、珠はあえぎ、空気をむさぼるしかなくなる。

「ん、にゃぁ！　……うぅ……にゃ」

「猫に、ちょっぴり戻っちゃってるね。珠ちゃん……可愛い……」

不意に動きを止め、荒い息を吐きながら言う白銀の言葉に、珠は少しだけ正気を取り戻す。きつく閉じていた目を開けると、視界の端でゆらゆら揺れているのは、黒くて細長い二本のしっぽ。

「やぁ、あ！　し、しっぽが……！」

「いいよ、気にしなくて」

汗で張り付いた髪を梳き、珠の頭を撫でてくれる。その白銀の手が耳に触れるのを感じて、猫耳も出てしまっていると知る。

「うぅ……」

「珠ちゃん……ほら、しっぽが出てたって、どうってはことないよ」

喉の奥で不満の声を漏らす珠を見かねてか、白銀も耳としっぽを出してくれた。

「ね？　一緒だから」

情熱で潤み、だけどやっぱり優しい白銀の眼差しに見つめられれば、しっぽが出てしまったことなんか些細なことに思えた。

「しっぽは、私のしっぽに絡ませておいで」

「は、い……白銀さまぁ……んっぅ」

両手で背中にしがみつき、二本のしっぽは白銀のふさふさしっぽに絡ませる。

しっぽから、白銀のしっぽもぴくぴく震えているのが分かって、白銀でも自分みたいに身体を抑えきれなくなることがあるんだと分かると、なんだかほっとした気分になった。

白銀と同じなら怖くない。

白銀と同じことを感じて、ひとつになりたい――その願いのまま、珠は再び腰を使い始めた白銀の動きに合わせて自分からも腰を動かしてみる。

「んあっ、ん……き、気持ちい……。……しぉ、が、ね……もっと、もっとしてっ！」

「可愛い珠ちゃん……心も身体も、素直なんだね」

珠の言葉に、息を弾ませた白銀は、望みどおりより激しく腰を打ち付けてくる。

珠も、それに合わせて腰が動くのを止められない。互いを感じ合うことに夢中になる。

「くっ、珠っ！」

ひときわ深く穿《うが》った白銀が、低く唸《うな》るような声で珠を呼ぶ。

ぶるっとした胴震いを肌に感じると共に、身体の中には熱いものを感じた。

「あっ、は……しろ、がね……」

白銀が、自分の中で満足してくれた。そう知ると、嬉しくて、嬉しすぎて——珠も身震いして果てた。


「珠ちゃん……やっぱり無理をさせてしまったね」

珠の髪を撫でながら、申し訳なさそうに大きな耳を伏せる白銀に、珠は頭を振る。

「いいえ。すごく……気持ちよくて……嬉しかったです」

その言葉に嘘はなかったが、無理をさせられたのも本当だ。

発情が治まっても、なかなか息が整わないし、熱も引かない。

自分の身を持てあます珠を、白銀は抱きしめて頭を撫で、しっぽを揺らしてあやし、とあらゆる手を尽くして落ち着かせてくれる。

優しい白銀のしっぽの先の白い部分に顔を埋めると、やっと気分が鎮まってきた。

柔らかで温かくて手触りのいいしっぽは、まさに白銀そのものだ。

白銀が喜んでくれればと、珠も自分のしっぽを白銀の鼻先で揺らす。

黒くて細いしっぽを手に取り、白銀はその先端にキスをする。

「素敵なしっぽの黒猫珠ちゃん。猫のときも人のときも、君だけを愛してる。一緒に生きよう。ずっと、ここで――」

「はい！　白銀様！」

優しく髪を梳きながら見つめてくれる白銀に、珠は両手でしっかりと抱きついた。

白銀と一緒に暮らすことになった珠は、動物園で見習いとして働き始めた。

しかし、まだ長時間化け続けるのは無理なので、リクと朝夕交代でレッサーパンダに化けている。

レッサーパンダの檻《おり》はパンダの檻から近いし、名前だけでも『パンダ』とつくのが嬉しい。

——早く本物のパンダに化けられるようになって、白銀と同じ檻で過ごせるようになりたい。

そう思えば、絶えず人目にさらされることも、苦手な子供の大きな声にも耐えられた。

以前に白銀が「下心が努力の源」というようなことを言っていたが、本当にそのとおりだった。

寒さ厳しい冬を乗り越えると、うららかな春が訪れる。

まだ時折身震いするような寒さが戻ってくるけれど、早々と黄色い綿毛のような花を咲かせるアカシアを見上げると、この木に登ったのがつい昨日のことのように思い出される。

「珠ちゃん、お花見はまた後で。遅れるよ」

「はい！」

思わず歩を緩めてアカシアを見上げていた珠は、白銀の声に現実に引き戻され、少し先で立ち止まって待っている白銀の元へ駆け寄った。

今日は月曜日で動物園は休園だが、草壁が来てくれている。

珠だけでなく、何故か珠に近しい白銀にレイも一緒にと呼び出され、みんなで園長室に集まった。

園長室のソファに、草壁と園長が並んで座り、その向かいに珠と白銀。レイは、つまらない話ならとっとと逃げようという魂胆か、珠たちの座るソファの背もたれに立ったまま軽くもたれかかる。

草壁は、珠救出に協力したお礼として、園長特製の『生涯有効フリーパス』をもらい、しょっちゅう動物園へ顔を出すようになった。

珠に会いにという理由もあるが、『ふれあい広場』で兎《うさぎ》や天竺鼠《てんじくねずみ》などの小動物とふれあえるのが楽しいからのようだ。

今も園長の計らいで、広場の兎を一匹、膝に乗せてその背中を撫でている。

薄茶色の毛並みで大きな黒い目の愛らしい兎を愛《め》でる草壁を、園長が眺めて愛でる。

「草壁さんは、本当に動物がお好きなんですねぇ」

「ペットを飼いたいのですが、一人暮らしなうえに仕事で留守がちで、きちんと世話をしてあげられないので飼えずにいましたから、こうして触らせていただけるのは本当にありがたいです」

目を細めて少し照れくさそうに笑う草壁は、実は動物が大好きなのだそうだ。

これまで珠に素っ気ない態度だったのは、仕事を忘れて珠に没頭してしまいそうだから、自戒していただけ。

実際に今も、膝に乗せた兎を撫でるのに、完全に気をとられている。

「草壁先生？　そろそろ本題に入っていただけますか」

「そうでしたね。すみません」

なかなか話が始まらないことに、珍しく白銀が焦《じ》れて声をかけた。

どうやら白銀は、草壁がみんなを集めた理由を察しているようだ。

「というわけだから、どいてくれるかな？　雪也くん？」

名残惜しげな草壁の膝から、抱き上げてどかそうとする園長の手を、耳をぶんぶんさせて振り払い、改めて草壁の膝の上で丸くなる兎の正体は、雪也だ。

再び騒動を起こした雪也は、移動動物園行きは免れたが、なかよし動物園内の『ふれあい広場』で、ちびっ子たちに撫で回される兎役へと降格となった。

本来なら狐狸が化ける必要もない小動物への降格は、解雇の次に厳しい処分で、プライドの高い狐は大抵が自主退職をする。

雪也もそうしようとしたが、レイから罪を認めて罰を受け入れろと説教をされて思い直したそうだ。

留《とど》まったはいいが、子供たちに容赦なく触られる毎日に辟易《へきえき》していたところを、暇を見つけてはやってきて抱っこしてくれる草壁の膝の上が、いたく気に入ったらしい。

動く気のない雪也を、レイが首根っこを摑んで有無を言わさず抱き上げる。

「いいからどけっての、ほら」

「何すんだよ！　僕に触っていいのは、先生と兄様だけなんだから！」

以前なら、きっと『兄様』だけだっただろう。そのことに気付いたのか、少し寂しげな白銀の手を、珠はちょっとだけ妬《や》ける気持ちでこっそり握る。

「……焼きもち？」

「なっ、ち、違います！」

珠の耳元に顔を寄せて意地悪くささやく白銀に、珠は慌てて頭を振ったが、真っ赤になった顔でそのとおりとバレバレだろう。

いちゃつく二人の様子を見せれば、雪也がすねて場を混ぜっ返して話が進まなくなると判断したのか、レイは雪也から二人の姿が見えないようにしながら出口へ向かう。

「ほれ、事務所でニンジンやるから、いい子にしろよ」

「そんなのいらないよ！　バーカ！」

「んじゃ、リンゴをやるから」

「すまないね、雪也くん。――それでは、本題に入らせていただきます」

最強に可愛い姿で最高に可愛くない悪態をつく雪也をレイに任せ、草壁が鞄から出してきたのは、小ぶりなアタッシェケース。よほど大事な物が入っているのか、通常の鍵と三桁のダイヤル錠というダブルロックがかかっていた。

草壁が開錠してケースを開けると、ケースの中の物は室内の蛍光灯の明かりをはじいてキラキラと輝く。

この輝きには、覚えがある。

「ママの首輪！　直してくださったんですか」

珠が思わず机に身を乗り出してのぞき込むと、革の部分がちぎれてぼろぼろだった首輪は、元どおりの姿でそこにあった。

中央にぶら下がるチャームの金色の石は、相変わらず白銀の目のようにキラキラと輝いて、見とれてしまう美しさだ。

「知り合いの宝石商に頼んで、修復をしていただきました。それから、鑑別書はこちらになります」

草壁は何故かハンカチを使って首輪を持ち上げて珠に手渡し、白銀に向かっては何やら厚紙の表紙がついた、小さなアルバムみたいな冊子の束を指し示した。

「え？『かんべつ』って何ですか？」

久しぶりに手にした首輪をぎゅっと抱きしめながら、不思議そうに白銀を見上げる珠に、白銀は首輪を預からせてほしいと頼んだきっかけを話してくれた。

「その首輪の石がどんな種類の物かを、調べてもらったんだよ。首輪を預かったのは、修理をしたかったのもあるけど、付いている飾りの石のことが気になったからなんだ」

ダンプカーに轢かれたのに、どれも割れないどころか傷ひとつない。これはクリスタルやガラスではないのではと思ったが、確信が持てなかったので珠には内緒で調べることにしたという。

草壁は、その結果を伝えに来てくれたのだ。

「鑑別の結果、この中央の石は、十カラットのオレンジダイヤモンドでした」

「ダイヤモンドって！　オレンジ色のダイヤモンドなんて、あるんですか？」

「カラーダイヤモンドと呼ばれる貴重なもので、推定価格は十二億円です」

「十二億……」

オレンジ色のダイヤモンドに驚き、さらにその価格に驚き、白銀と園長の二人が呆然とする中、珠だけが首をかしげる。

「億……十二億円って、猫缶が何個買えますか？」

通貨の概念は、最近になって白銀と買い物に行くようになってある程度分かるようになったが、億なんて単位はまったく把握できない。

考え込む珠を見て、園長はことわざどおりだと笑う。

「まさに、『猫に小判』だね。猫缶くらい、百年かかっても食べきれないほど買えるよ」

「そ、そんなに？」

きれいだけれど、こんなに小さな石に一生食べていけるほどの価値があるとは、と後《おく》れ馳《ば》せながら驚く珠に、白銀と園長は笑い合い、草壁も笑みをかみ殺しながら鑑別の結果報告を続ける。

「サイドの一・三カラットのレッドダイヤモンドも、一顆《いっか》一億五千万円。縁を飾る小粒のピンクとブルーの石もダイヤモンド。——つまり、この首輪につけられている石はすべてダイヤモンドで、総額は最低価格で見積もっても十六億三千万円だそうです」

カラーダイヤモンドは近年人気で、特に希少な大粒のオレンジダイヤモンドは欲しがる人が多く、オークションにかければもっと値が上がる可能性もあるそうだ。

「猫の珠ちゃんに土地や現金は相続させられないから、首輪にして持たせたというわけか」

珠ちゃんは本当に飼い主さんに愛されていたんだと感心する園長に、白銀も頷いて同意する。

「この首輪は、猫には重すぎる。珠ちゃんのママは、本当に珠ちゃんを愛してくれる人なら、それに気付いて首輪を調べるはずだと思ったんだろうね」

「珠ちゃんを大事にする人が遺産を継ぐって遺言だったということは、この首輪は白銀のものということかな?」

「そうですね。じゃあ、これは白銀様に差し上げます」

何やらとてつもなく高価な物らしいと知ってしまえば、大事な物だけれど恐れ多い気がしてきた。

それに、高価な物は、高貴な白銀によく似合う。

白銀が持っていた方がいいと、珠は白銀の手を取り、その手のひらに首輪をのせた。

だけど白銀は、両手で首輪ごと珠の手を握って離さない。

「私は珠ちゃんがいてくれれば何もいらないから、これは珠ちゃんが持っているといい」

「でも……」

「二人がいらないなら僕が――ここの金庫で預かっといてあげてもいいよ？」

本当は『もらってあげる』と言いたかったのだろうが、草壁がいたのを思い出した園長は、すんでのところで取り繕ったらしい。

草壁の前で格好をつけるためなら、十六億三千万円も惜しくないようだ。

だが園長の熱視線にまるきり気付かない草壁は、珠に向かって微笑みかける。

「珠。これは奥様が君に残してくれた贈り物だ。大切に持っていなさい」

「珠ちゃん。人間のときにはさほど重く感じないだろうから、つけてみれば？」

白銀から勧められ、そういえば人のときにこれをつけた姿はママ以外に見せていなかったと思い至る。

白銀の方がずっと似合うと思ったけれど、他のみんなからもせっかく直したんだからつけてみればいいと勧められ、珠は首輪をつけてみることにした。

園長室の鏡の前で、人間用のアクセサリーのチョーカーに見えるよう白銀に長さを調節してつけてもらう。

鏡を見れば、自分の胸元に金色の輝きがあって、まるで白銀といるみたいで安心する。

ママがこの石を選んだのは、お日様みたいだったからのようだが、白銀の存在は珠にとって太陽のようなもの。

ママにはそれが分かっていたんだろうか――。いつか、ママのところに行けたら、聞いてみようと思った。

珠が首輪をつけ終わった時、園長室の扉が開いてレイが顔を覗かせた。

「おい。雪也のバカ来なかったか？　あの野郎、人がリンゴ切ってやってる間にとんずらしやがって——おっ、その首輪、直ったのか」

雪也に逃走されて探しに来たレイは、首輪をした珠を見てよかったなと笑いかけてくれる。

「猫のときは大きすぎると思ったけど、その姿ならぴったりだね」

「似合うよ、珠ちゃん」

「ええ。本当に」

白銀に、園長、草壁にまで褒められて、気恥ずかしくなり、珠は思わず隣に立っていた白銀の腕にしがみついてしまう。

「照れてるの？　可愛いね」

耳元でささやく白銀の言葉に、ますます恥ずかしくなって俯く。

そんな珠を見て、みんなが笑ってくれる。

楽しそうな笑い声は、胸の中に温かく響いてくる。

まるで、春の日だまりにいるみたいに心地いい。

「……ママ。僕も、本当の幸せを見つけたよ」

自分を見つめて微笑む白銀に向かって、珠はお日様に負けないくらいの笑顔を返した。

溺愛同棲～銀狐は黒猫に求愛する～

フローリングの床に転がり、自分の両脚を摑《つか》んでゆらゆら揺れて一人遊びするパンダに、くりくりの目で見つめられれば、ほにゃりと頬《ほお》が緩む。

白と黒の体毛に覆われた、ころんとしたまあるい姿は、愛さずにはいられない可愛《かわい》らしさだ。

白銀《しろがね》は幸せな気分で、温かくてふわふわのパンダを抱き上げた。

「毛の色合いに体格、動作も完璧だよ。あとは――もう少し、大きく化けられれば、ね？」

「……少し、でしょうか？」

片手でひょいと抱ける大きさのパンダに化けた珠《たま》は、心遣いに感謝しつつも不満ありげに白銀を見上げた。


ここは、化け自慢の狐狸《こり》や猫又が暮らす動物園の寮の一室。

昔、酔っ払った狸《たぬき》と狐《きつね》が犀《さい》やカバに化けて大暴れして大破してから、壊れないよう象が踊っても大丈夫なほど頑丈な鉄筋コンクリートの建物へと立て替えられた。

おかげで今では、大型動物に化ける練習をしても大丈夫な広さと強度がある。

その寮内の白銀と珠の部屋で、珠はパンダに化ける練習に励んでいた。

現在担当しているレッサーパンダには、もう一日中でも化けていられるようになった珠の次なる目標は、パンダに化けること。

――パンダになって、パンダに化ける白銀様と同じ檻《おり》で過ごしたい。

そんな健気《けなげ》なことを言ってくれる珠に、白銀も全面的な協力を惜しまなかった。

仕事を終えて帰宅してから、白銀の指導で珠はパンダに化ける特訓に励む。

白銀が化けて手本を見せたり、本物のパンダの映像を鑑賞させているのだが、そう簡単には上手《うま》くいかない。

動物園にいるような動物と、身近にいて慣れ親しんだ動物に化けるのとでは勝手が違う。特に、なじみが薄い上に大きなパンダに化けるのは、銀狐である白銀にとっても難しいことだった。

パンダのいる動物園に一ヵ月間泊まり込んでパンダ役の銀狐から指導を受け、さらに自主練習を一ヵ月続けてようやく完璧に化けられるようになったのだ。

「身体《からだ》を大きくするのって、難しいんですね」

「焦らなくていいんだよ。確実に成果は出てきてるんだから、今日の練習はここまでにしよう」

明日の仕事に支障が出てはいけないと諭《さと》せば、珠は不承不承という風でだがパンダから人型へと変化する。

ころころした可愛いパンダの手足が細く長く伸び、なめらかな体毛は消えて張りのある白い肌へと変わっていく。黒く艶《つや》やかな髪からは大きな黒い耳が生え、腰の付け根からはなめらかな黒いしっぽが二本。

最近の珠は、猫の姿より人型でいることが多くなった。

もうすっかりちゃんとした人間に化けられるようになった珠だが、最初に変化した時に猫耳としっぽ付きだったせいか、今でも油断をするとそうなってしまう。

でもそれは白銀といるときだけで、外では気を張っているのか猫耳もしっぽも出したことはない。

今となっては、猫耳としっぽ付きの珠を見るのは自分だけ。そう思うと、優越感に満たされる。

「疲れただろう？　おいで」

「はい」

がんばり屋さんなところも珠の魅力のひとつだけれど、がんばりすぎる傾向がある。くたびれたのか床に座り込んだ珠に向かって、あぐらをかいた白銀は太ももを叩《たた》く。それを見た珠は満開の笑みを浮かべ、猫のときそのままの優美な動きで白銀の膝《ひざ》の上にちょこんと座った。

仕事を終えて寮へ帰る際は、人間に化けて服を着て移動する。だから仕事帰りのままだった白銀は服を着ていたが、変身を解いたばかりの珠は全裸だ。

周りからは『品行方正』『生真面目《きまじめ》』なんて評される白銀だけれど、可愛い伴侶のむき出しの白い肌を目の前にして清く正しくいられるはずもない。

せめてもと自分の上着を着せかけたが、だぶだぶのジャケットを素肌に羽織った姿は、それはそれでまたそそる。

「今日も一日、お疲れ様」

白銀は珠の耳にねぎらいの言葉をかけて頬ずりし、毛繕いにかこつけて珠を舐《な》め回す。

「し、白銀様！　白銀様だって、お仕事をされて疲れてるのに……」

「だからだよ。珠ちゃんとこうしていると、とても落ち着くんだ。昼間の疲れが消えていく気がするよ」

「白銀様……じゃあ、僕にも毛繕いをさせてください」

座り直した珠と向き合って珠の首筋に舌を這《は》わせば、珠も白銀の髪をすんなりとした指で梳《す》いてくるので、白銀は自分も大きな狐の耳を出す。

珠はその耳を、丹念に舐めて毛繕いを始める。

猫は毛繕いをするのもされるのも大好きだ。目を細め、気持ちよさげにピンク色の舌を出し入れする。

珠を癒《い》やしつつ自分も癒やされる、至福の時間だ。

ずっと特別な存在として神格視されてきた銀狐の自分に対して、こんなにも打ち解けて気を許してくれる相手ができたことが、嬉《うれ》しくて愛《いと》おしい。

珠も今の時間を楽しんでくれている。

だがその分だけ、日中に会えない寂しさをより強く感じたようだ。

「パンダに化けられたら、昼間もずっと一緒にいられるのに。白銀様……僕、本当にちゃんとしたパンダに化けられるようになるでしょうか？」

「練習を始めてたった一週間でここまで化けられるようになったんだから、大したものだよ」

さすがは猫又と白銀は感心したが、珠は自分がふがいなく感じるらしい。

二本の黒くて長いしっぽの片方で地面を叩き、もう一方を摑んでかじかじと歯を立てる。

「うぅーっ、どうして大きく化けられないんだろう」

珠は気分が落ち着かないときなどに、しっぽを囓《かじ》る癖がある。

もどかしさからの行為だろうが、可愛くてつい笑ってしまう。

いじけても可愛いなんて、本当に参る。

だが歯形が付くほど強く囓りだすと、放ってはおけない。

「そんなに強く嚙《か》んじゃいけないよ。どうしても嚙みたければ、私のを嚙みなさい」

「ふにゃっ！　もっふもふーー！」

気を逸らそうと珠の目の前で銀色のしっぽを揺らせば、珠は自分のしっぽから手を離して勢いよく飛びついてくる。

もっさりとした太いしっぽは野暮《やぼ》ったくて好きではなかった白銀だが、こうして珠がじゃれついてくれることで少しは好きになれた。

しっぽにじゃれつく珠の可愛らしさは格別だ。

「——いや、いつでも可愛いけどね」

「白銀様？」

つい、ぼそっと思ったことを口に出した白銀を、珠は銀色のしっぽを抱えたまま見上げてくる。

どのアングルから見ても可愛い珠に、でれっと鼻の下が伸びる。

「何でもないよ。ん？　しっぽはもういらないの？」

「んにゃ！」

幸せボケした顔を見られたくなくて、白銀はぱたぱたとしっぽを振って珠の視線を誘導した。

一緒に暮らしだして一ヵ月ほど経《た》つが、珠の愛らしさは毎日見ていても飽きない。それどころか、日々愛しさが増す。

猫のときも人のときも、珠はひたすら可愛い。

最近はお箸もちゃんと使えるようになって、食べる仕草も美しい。お風呂は湯船に浸かるのはまだ怖がって無理だが、シャワーは気に入って水しぶきを上げて喜ぶ様が愛らしい。

それに何より、閨《ねや》での痴態は白銀を夢中にさせた。

純粋さから、珠は貪欲に知らないことは何でも知りたがり、素直に快楽を受け入れて求めてくる。

毛繕いが上手な猫だけあって、珠の舌さばきは格別で、ピンク色の舌で懸命に舐めてくれる様は、思い出しただけで下半身に血が集まるほど扇情的だ。

妄想だけで情けない事態に陥った白銀は、自分のしっぽにじゃれつく可愛い珠から目を逸らし、本棚の本のタイトルを目で追って気を紛らわせる。

――珠に気付かれないうちに、発情の兆しを消さないと。

そんな白銀の苦労も知らず、白銀のしっぽを抱きしめた珠は、幸せそうに極上の笑みを浮かべる。

「早く白銀様と同じ檻に入れるようになりたいなぁ。そうしたら、昼でも白銀様とこうしていられるのに」

必死に鎮めようとしている発情を煽《あお》るみたいに可愛い瞳で見上げられ、白銀は腹にぐっと力を入れて堪《こら》える。

本当は、毎日だって珠と発情を鎮め合いたい。でも、まだ慣れない仕事をこなすのに精一杯な珠の身体を思えば、身体をつなげるのは休みの前の日だけにするしかなかった。

今すぐにむしゃぶりつきたい衝動を押し隠し、白銀は穏やかな口調で珠を諭す。

「焦ることはないよ。今だって、仕事が終われば一緒にいられるんだから」

「でもっ、ポンさんと美々《みみ》さんはずーっと一緒なんですよ？　うらやましいです」

「狸の番《つがい》は仲がいいからねぇ」

確かに、番役の動物たちは本物の番が多い。その分、私生活で喧嘩《けんか》などがあったときは檻の中でも乱闘を起こしてちょっとした騒ぎになったりもするが、それも自然でいいらしい。いつかは自分も、珠と同じ檻の中で番として喧嘩したり仲良くしたりできたら、どんなにいいだろう。

白銀は、幸せな未来に酔うように、ほうっと甘い息をついた。

「君と番になれて、本当に幸せだよ」

「白銀様……僕もです！」

しっぽから手を離して抱きついてくる珠の身体を、白銀も幸せを噛みしめるみたいに、ぎゅっと強く抱きしめる。

自分は今、一点の曇りもなく幸せだ——そう思ったところで、澄み切った青空にぽつりと黒雲が浮かぶ。

自分がとても大切な手順を飛ばしていたことを思い出した白銀は、珠を抱きしめたまま硬直した。

過去の大失態に気付いた白銀は、次の日に仕事を終えてから、相談に乗ってもらおうとレイの部屋を訪れた。

「私は珠ちゃんへ貢ぎ物もせずに求愛するなんて不作法をした上に、結局そのまま番になってしまったんだ」

これじゃあいけないよね、と真面目くさった顔で見つめる白銀に、レイはうんざりした顔でため息を吐く。

「ったく。狐のこういう変に手順を踏みたがるとこが嫌いだよ」

「今更だけど、珠ちゃんに求愛のプレゼントがしたい。猫又に喜ばれる物って何かな？　ここには君しか猫又がいないし、君は珠の師匠でもあるんだから、相談に乗ってくれたっていいだろう？」

以前は、この『なかよし動物園』にはレイの他にも雄と雌の二匹の猫又がいたのだが、相次いで退職した。

雌の方は人間と恋に落ちて人間として嫁いでいき、二児の母となった。

雄の方は百歳過ぎの高齢での勇退で、仲のよかった飼育員の家へ普通の猫としてもらわれ、のんびりとした余生を過ごしている。

そんなわけで、身近で猫又について相談できる相手はレイしかいない白銀は、邪険にされても必死に食い下がる。

「私は珠ちゃんを幸せにすると誓ったんだ！　中途半端にはしたくない。名実ともに珠ちゃんを伴侶として扱いたい」

「猫はきちっとした夫婦にならないから、珠は気にしねぇだろ」

基本的に一夫一婦制の狐と違い、猫は不特定の相手と関係を持つ。交尾前の求愛行動はあっても、プロポーズなんてご大層な習慣はないのだ。

「それは知ってる。だからこそ、きちんとしたいんだ」

「……珠のことが信じられないってのか？」

猫とはいえ一途な珠が、白銀以外と関係を持つとは考えられない。珠を疑うのかと低く唸《うな》るような声でレイに詰め寄られたが、それは誤解だ。

「違うよ！　そうじゃなくて、狐と猫で種族が違う私たちは、お互いをよく知り合う必要があると思うんだ」

違う部分を受け入れ合えないと、長続きしない。

ずっと一緒にいるために、珠にもっと狐のことを知ってもらいたい。狐の流儀で正式に求愛したい。

それが白銀なりの誠意の表し方だった。

「順番は違ってしまったけど、正式に珠ちゃんと番になりたい。だから、協力してくれないか」

「まあ……可愛い弟子のためなら仕方がねぇか」

憎まれ口を叩いても、レイは案外弟子思いで面倒見がいい。玄関先の立ち話から、リビングへと通してくれた。

狐同士の求婚では、自分が狩った獲物をプレゼントする。

それは、自分が食べさせていくから安心して嫁いでこいという意味だ。

けれどそれでは、生き餌を食べたことがない珠は喜ばなそうだ。

「何しろ珠ちゃんは、ハトとまで友達になろうとしていたほどだからね」

「ハトかぁ。しばらく食ってねぇが、ありゃあ美味《うま》いよな」

ぺろりと舌なめずりするレイを見て、今後はハトに化けるのは控えようと心に留めつつ、膝を詰める。

「猫又は何が好きなの？　マタタビ？　鰹節《かつおぶし》？　いや、そんな平凡なものじゃ駄目だよね」

あんなに可愛い珠と番になれた喜びを、どう形にすればいいのか。

眉根を寄せて深刻に考え込む白銀とは対照的に、レイはだらりとソファの背もたれに背中を預ける。

「んなもん、俺に訊《き》くより本人に訊くのが手っ取り早ぇし間違いがないだろ」

「それじゃあ、もらった際の嬉しさが半減しない？　それに珠ちゃんには物欲がないから、自分から何かを欲しいとは言わないと思うんだ」

「衣食住が事足りてりゃそれでいいってのが猫だからな」

人間に化けているときは人間の本能にも引きずられるが、根幹部分まではなかなか変わらない。

居心地のいい部屋。美味《おい》しい食事。それに大好きな相手がいれば、猫は満足なのだ。

「珠は……おまえといられるだけで、十分幸せなんだよ」

「指輪とかじゃ変化したときに外れちゃうし、何より装飾品のたぐいでは、あの首輪に勝る物はないよね――」

「人がいいこと言ってやってるのに無視か、こら！」

親身になるレイの発言も耳に入らないほど考え込んでいる白銀の胸ぐらを掴み、レイは少し落ち着けといさめる。

「ちょっと考え方を変えてみろよ。たとえば、自分がもらって嬉しい物は何だ？」

「うーん……珠ちゃん？」

「張り倒すぞ」

のろけてないで真面目に考えろと怒鳴りつけられ、これ以上ないほど真面目に答えたつもりだった白銀は困り果てた。

「……でもまあ、珠に欲しい物を訊いたって『白銀様』とか言いそうだし、むずかしいわな」

真面目に冷静に真剣に考えても、珠も白銀もお互いがいればそれで幸せなのだ。

今日はレイと仕事の話があるからと珠を置いて出てきたが、玄関で見送ってくれた珠の名残惜しげな眼差《まなざ》しに、後ろ髪を引かれる思いだった。

単に白銀と一緒にいられないのが残念というのもあるだろうが、大きな屋敷でママだけでなく召使いたちに囲まれて暮らしてきた珠にとって、独りでのお留守番は堪《たま》らなく寂しいことのようだ。

今も、珠が自分の帰りをひたすら待っているのかと思うと、胸がきゅうっと苦しくなる。

「私がもう一人いればいいんだろうけど……猫又でも『分身の術』とかってできないの？」

「できるか！　ただ、俺がおまえそっくりに化けてやることだったらできるぞ」

「それは駄目だよ！」

いくら自分にそっくりでも、自分ではない誰かが珠に触れるなんて許せない。

思わず詰め寄った顔面を、呆《あき》れ顔のレイにパーで摑まれた。

「しねぇよ。……だが、おまえをもう一人用意するってのは、いい案かもな」

「何か手立てがあるの？」

「子供だましでよけりゃあな」

珠相手なら子供だましでちょうどいいかも、と少し意地悪な笑みを浮かべながら提案してくるレイの話に、白銀は食いつく勢いで耳を傾けた。

白銀がレイに相談をもちかけてから、約一ヵ月後の日曜日の夜。

白銀と珠の部屋に、一抱えはある大きな荷物が届いた。

何事かと目をぱちくりさせる珠の前に、箱から取り出した華やかな赤い包み紙と白いリボンで飾られた代物を、白銀は恭《うやうや》しく差し出した。

「順番が違った上に遅くなってしまったけれど、求愛のプレゼントを受け取ってほしい」

「ええ？　そんな、プレゼントなんて！　わざわざ用意してくださらなくてもよかったのに」

「これが私の狐としての愛情表現だから。私が嫌いでないのなら、受け取ってほしい」

そんな物なくたって求愛してくれただけで嬉しいと、遠慮する珠の逃げ道をふさぐ形で頭を下げる。

「白銀様を嫌うなんて、とんでもないです！」

「それじゃあ、開けてみて。気に入ってくれるといいんだけど」

「……では、ありがたく頂戴します」

遠慮をしても、白銀が自分に何をくれたのか見てみたいのだろう。珠はプレゼントの包装をほどきにかかったが、白銀がくれた物なら包み紙すら大切に感じるのか、慎重にリボンを外して包み紙が破れないようそうっとはがしていく。

もどかしい思いで見守る白銀の前で、緊張した面持ちの珠は包み紙を大きく開いて中をのぞき込む。

「え？　これ……これって――白銀様？」

中の物を見たとたん、瞳を輝かせた珠の表情に白銀は目を細めた。

もはや包み紙がくしゃくしゃになるのもお構いなしで珠が包みの中から取り出したプレゼントは、銀色のもふもふしたぬいぐるみ。

白銀が珠への求愛のプレゼントに選んだのは、『白銀そっくりの銀狐のぬいぐるみ』だった。

「私に似せて、珠ちゃんのためだけに作った特注品だよ」

「すごいです！　本当にちっこい白銀様みたい！」

動物の写真を送れば、それを元にぬいぐるみを作ってくれる企業があって、そこで作ってもらった一品物だ。

以前に白熊のファンが、『リアル凶悪白熊ぬいぐるみ』をオーダーメイドで作ってもらった、と動物園のブログに投稿してきたことがあった。レイはそのことを思い出して、助言してくれたのだ。

よさそうだと思った白銀は、ネット検索で捜し出した企業に子細を訊《たず》ねてみた。

オーダーメイドぬいぐるみは、ほとんどはペットの犬や猫や兎《うさぎ》を再現してほしいという依頼で、狐の依頼は初めてだったそうだが引き受けてもらえた。

サイズは実物大では大きくてかさばるだろうから、珠が膝に抱くのにちょうどいい大きさにした。

素材の関係で銀色というより白色に近い毛並みだったが、それでもかなりリアルな狐の形で、目は金色で耳は黒。白銀の特徴的な部分が上手く捉えられていた。

細部にこだわったせいで制作に時間がかかり、料金も給料の二ヵ月分とぬいぐるみとしてはかなりの高額になった。

しかし写真で事前に確認した現物は、それだけの価値はある出来上がりに見えて、白銀としては満足だった。

しかし肝心の珠にとってはどうだろうと不安だったが、それも吹き飛ばしてくれるほどの珠の笑顔に、白銀もほっと頬を緩めた。

「んんーっ、もふもふのふかふかー。ちっちゃい白銀様だから——この子の名前は、チビ銀ちゃんにしますね！」

とても気に入ってくれたらしい珠は、名前までつけてぬいぐるみを抱きしめる。

自分からのプレゼントを抱いて頬ずりしている、嬉しそうな珠を見ていると、胸がほんわかと温かくなる。

けれど、珠が自分以外のもふもふを抱っこしている姿に、だんだん心がもやもやしてくる。

「これは、あくまでも私がいないときの寂しさを紛らわせるための物だからね？」

自分が側《そば》にいるときは、ぬいぐるみじゃなく自分に抱きついてほしい。

思わず詰め寄ると、珠は悪戯《いたずら》な眼差しで微笑《ほほえ》みかけてくる。

「……焼きもちですか？」

たとえ自分そっくりのぬいぐるみであっても、珠の心を奪われると胸の奥がかあっと熱くなる。

もちがこんがりと焼けそうなほど熱い気持ちに、これが焼きもちというものかと白銀は自分自身に戸惑った。

だが、それだけ珠のことが好きなのだと開き直る。

上目遣いで見つめてくる珠のおでこに、こつりとおでこをくっつける。

「そうだよ。珠ちゃんは私のものなんだから」

突然の急接近に驚いてひるんだ珠の腕の中からチビ銀ぬいぐるみを奪い取ったけれど、素早く奪い返される。

「大好きな白銀様からのプレゼントですから、この子も大事です。ねー？」

ぬいぐるみを抱きしめた上に話しかけさえする珠に、思わず瞳孔が開いてしまった白銀だったが、珠はそんなことにはお構いなしで、白銀の身体にぬいぐるみをこすり付けてきた。

「え？　な、何？　珠ちゃん」

「もっと白銀様っぽくなるよう、白銀様の匂いを付けます！」

笑顔の珠に押し付けられたぬいぐるみに、強制的にすりすりさせられる。どうにも奇妙な気分だったが、珠が嬉しそうなので抵抗できない。

「うん。ますます白銀様っぽくなったー」

白銀に散々すり付けたチビ銀ぬいぐるみを抱きしめてくんくんと匂いを嗅《か》ぎ、珠はにっこり微笑む。

その笑顔に、白銀の心も蕩《とろ》けていく。

「これで、私が側にいないときでも寂しくないよね？」

「はい。白銀様がお留守の際は、チビ銀ちゃんと二人で白銀様をお待ちします！」

頼もしい答えに白銀は晴れやかな気分になったが、今度は珠が憂い顔で考え込む。

「僕も、何かお返しをしなくちゃいけませんよね」

「求愛のプレゼントに、お返しは必要ないんだ。プレゼントを受け取ることが、求愛を受ける合図だから。ぬいぐるみを受け取った珠ちゃんが、私の側にいてくれればそれでいいんだよ」

ぬいぐるみを抱いて途方に暮れる珠の肩を抱き寄せて頬にキスしてみたが、珠は愁眉《しゅうび》を開かない。

「だけど、こんなに素敵な物をいただいたんですから、何かお返しがしたいです」

やりがいのある仕事に、理解のある上司と頼りになる同僚。家に帰れば可愛い伴侶。——これ以上の幸せがあるだろうか。

他に望むものなどないと思った白銀だったが、珠はなかなか引き下がってくれない。

「物がいらないのでしたら、早くちゃんとしたパンダになれるよう、もっと修行を――」

「これ以上、無理をしちゃいけないよ！」

いくら妖力の強い猫又でも、無理をしては身体をこわす。

それにこのぬいぐるみが出来上がるまでの一ヵ月間で、珠はすでに一時間程度ならそれなりの大きさのパンダに化けられるほど上達していた。ここで焦って体調を崩したりしたら、元も子もない。

これ以上欲しいものなどない白銀だったが、珠を納得させられるよう、必死に何かないか考える。

「……それじゃあ、珠ちゃんのしっぽが欲しいな」

「僕はもう、白銀様のものですよ？」

「本当に？」

「もちろんです！　だって僕は白銀様のこと大好きですから。大好きな白銀様のものでいたいです」

「嬉しいよ、珠ちゃん。じゃあ、これからは珠ちゃんのしっぽは私のしっぽ――ということで、もうしっぽを噛んじゃいけないからね」

珠には、しっぽを囓る癖がある。

この癖は見ている分には可愛いが、毛が抜けたり傷が付いたりすることもあるそうなので、できることならやめさせたい。

「気分が落ち着かなくて何か噛みたくなったら、このぬいぐるみのしっぽを噛みなさい」

「そんなことをして、白銀様がくださったチビ銀ちゃんを壊しちゃったら大変です！」

「珠ちゃんのしっぽが傷付く方が、私は辛《つら》いよ。このぬいぐるみは珠ちゃんを守るためのものなんだから、気にしないで噛んでいいんだよ」

それに、丈夫な作りで大丈夫だから噛んでみるように勧めると、珠はおそるおそるチビ銀ぬいぐるみに歯を立てる。

「ん……口の中が、もしゃもしゃします……」

ふかふかしすぎて噛み心地の悪いしっぽに不満げだったが、それでも白銀の言いつけならば、と従う気になってくれた。

素直で可愛い珠が、愛おしくて堪らない。

「珠ちゃん。私のしっぽを出してくれる？」

「んん？　あ、はい！　どうぞ」

自分のものになった珠のしっぽを所望すれば、珠はチビ銀ぬいぐるみを噛るのをやめ、すぐさま白銀の前に長くて優美な黒いしっぽを出す。

白銀はその先端に恭しく口付け、ぬいぐるみの包みに付いていた白いリボンを蝶々結びでつけてみた。

「こうすると、さらに可愛いね」

「そうですか？」

珠はリボンのついた二本のしっぽを、白銀の前でくねくね揺らす。

ただリボンがひらひらするのが楽しくてやっているらしいが、リボンつきの黒く艶やかなしっぽを目の前で揺らされて、平常心でいられるほど白銀の精神は強固ではない。

「ああ……珠ちゃん。なんて素敵なしっぽ……なんて可愛いんだ」

「し、白銀様！　駄目っ！　そこ……しっぽじゃ……ない、んんぅっ！」

しっぽの先から手のひらを滑らせ、ズボンの中まで手を突っ込んで付け根の部分をするりと撫《な》でれば、珠は甘い声をあげて背中をしならせた。

しっぽの付け根は、珠が感じる場所のひとつ。そのまま撫で続ける白銀を、珠は頬を赤らめて目を潤ませながら見つめる。

「やっ、やん！　……そ、そこ、そんなことされたら……発情しちゃいます」

恥じらいつつも素直な珠の反応が可愛くて、白銀の方が一気に発情してしまう。

「珠ちゃん……」

腰に回した腕に力を込めて抱き寄せ、珠の股間を太ももで擦《こす》れば、珠の発情の兆しをズボン越しにもはっきりと感じた。

「可愛い珠ちゃん……しっぽも、しっぽ以外も、全部私のものだよね？」

「ふあっ、んっ……白銀、様……白銀様の、ものなの」

しっぽを出すと共に現れた猫耳に、ささやきかけるだけで息を乱す敏感な珠の身体を、強く抱きしめて全身の密着を強める。

「珠ちゃん……珠ちゃんの発情を鎮めていいのは、私だけだからね」

「はい……白銀様」

自分を抱きしめる白銀の背中に腕を回して抱きしめ返してくれる珠を、白銀はチビ銀ぬいぐるみごと抱き上げて寝室まで運び込む。

この展開を期待して、動物園が休みの前日の日曜日に荷物が届くようにしたのだ。

今日なら、朝までだって愛し合っても大丈夫。

求愛のプレゼントを受けてもらい、正式に珠と番になれた。その喜びを身体全体で珠に伝えたい。

気持ちも新たに、白銀はベッドに横たえた珠の唇に口付ける。

「珠ちゃん。君は私の番の相手だ。生涯、君を放さない。ずっと一緒だよ」

「白銀様……嬉しいです！　ずっとずっと、一緒がいいです」

珠のシャツを脱がしにかかれば、珠は抱っこしていたチビ銀ぬいぐるみを手放し、脱がせやすいようバンザイをする。

いつまで経っても無邪気な仕草の抜けない珠が可愛くって、ついつい甘やかしてしまう。

珠の衣類をすべて白銀の手で脱がせ、自身も全裸になった。

自然のままの姿で抱きしめ合える幸せに、熱い息を漏らす珠の唇を唇でふさぎ、思うがままに口内をむさぼる。

「白銀様……ぅんっ……んんっ、ぅぅん……」

珠も白銀の舌に自分の舌を絡ませ、猫のときに喉《のど》を鳴らすみたいに甘えた声を零す。

口付けたまま、また珠のしっぽの付け根に手を伸ばし、指の腹でそうっとくすぐると、珠の身体はびくりと跳ね上がる。

「うにゃん！　うなぅ……やぁ、白銀、さぁまっ！」

白銀は、人型のときでも珠が猫語になるのが好きなのだが、珠はそれを恥ずかしがる。その目元を赤らめて恥じらう姿がまた可愛くって、もっと声をあげさせたくなるのだ。

俯《うつぶ》せにした珠にのし掛かり、首筋に口付けながら執拗《しつよう》に腰からしっぽの付け根を撫でれば、珠は自分から腰を浮かせて身もだえる。

「あっ、あ！　そ、そこ……はぁ……き、気持ち、い……んっ」

「珠ちゃん……もう少し、待ってね。もっと、気持ちよくしてあげるから」

目を潤ませて耳を伏せ、白いリボンが付いたままのしっぽを揺らす珠の可愛らしさに、理性が焼き切れそうになる。

珠の痴態を見ているだけではち切れそうに発情した生殖器を、すぐにも珠の中に埋めたい気持ちをぐっと抑えて、珠がなるべく苦痛なく白銀を受け入れられるよう手を尽くす。

首筋から背中、腰、しっぽの付け根まで毛繕いより丹念に舌を這わせて進み、そこからさらに小ぶりな双丘の奥底を探る。

たっぷりと舐めて窄《すぼ》まりをほぐし、尖《とが》らせた舌をねじ込む。そのたびにびくびくと小さく跳ね上がる珠の身体をなだめすかすみたいに手のひらを這わせ、熱く滾《たぎ》って震える珠の全身を愛撫《あいぶ》する。

「ふにゃあ……うっ、にゃぁっ！」

「今の猫語は……『もう、入れて』って意味だよね？」

「は、い……白銀、様……白銀様は、僕のだから……僕の中、きてぇ！」

「珠！ ……本当に、もう、どうにかなりそうだよ！」

珠には物欲はないけれど、性欲は貪欲なほどある。そのギャップが堪らなくエロチックで夢中にならずにいられない。

白いお尻を突き出し、黒くて長いリボンつきのしっぽを揺らして誘う珠に、白銀は反り返るほどに滾《たぎ》った生殖器を突き入れた。

「んにゃう！ あっ、あ……白銀っ、白銀、さまぁ！」

「はっ……は……珠、珠ちゃ……すご、い……いい……」

激しく腰を打ち付けてくる白銀に合わせて、珠も腰を揺らして応《こた》える。互いに高め合える喜びに、頭の中が白くなって、光に包まれていくような高揚感と浮遊感が押し寄せる。

「し、ろ……白銀様！　大好き！」

「ああ、珠ちゃん！　愛してる」

身体も心も、深く繋《つな》がり合える幸せに、白銀は身震いした。


「ん……？」

腕の中の身じろぎに、白銀は心地のよい微睡《まどろ》みから引き戻された。

珠と愛し合い、満足しきった白銀は、珠を抱いたままうとうとしていたようだ。

白銀の腕の中の珠は、ぴぴっと猫耳を動かしただけで未《いま》だ夢の中。

チビ銀ぬいぐるみを抱いて、幸せそうに眠っている。

「……百年早い」

眉間にしわを寄せた白銀は、珠の腕の中からそうっとチビ銀ぬいぐるみを引き抜き、ベッドの下へ追い落とす。

「んにゃ……？　しろ、がね……様？　あれ？　僕の、チビ銀……は？」

二人の間の邪魔者を追い払って晴れ晴れとした気分になった白銀だったが、急に腕の中のふかふかがなくなったのに気付いた珠が目を覚ましてしまった。

寝ぼけ眼のまま、きょろきょろとチビ銀ぬいぐるみの姿をもとめた珠は、見つけられない事情を察して不満げな声を漏らす。

「チビ銀ちゃんは、どこですか？」

「珠ちゃん……君は、私だけのものだよ」

珠が抱きしめる相手は、自分で贈ったぬいぐるみでも許せない。自分を抱きしめればいいいとぬいぐるみの後釜に収まろうとした白銀だったが、珠は両手でその身体を押し戻す。

「た、珠ちゃん？　──怒ったの？」

「チビ銀ちゃんを邪険にするなんて、ひどいです」

返してくださいとお願いされ、白銀は仕方なく床に転がったぬいぐるみを元のように珠の腕の中へ戻す。

改めてチビ銀ぬいぐるみを抱きしめる珠を、白銀は指をくわえて泣きたい気持ちで見つめた。

そんな白銀に、左手でチビ銀ぬいぐるみを抱いた珠は、右手を差し出す。

「この子はこっちで、白銀様はこっち」

「珠ちゃん……いいの？」

もう怒っていないのか恐る恐る顔色を窺《うかが》えば、両手に白銀とチビ銀ぬいぐるみを抱いた珠は、ふんわりとした笑みを浮かべる。

「白銀様も、白銀様がくださったチビ銀ちゃんも……どっちも、大好き」

白銀のすべてを愛そうとする珠に比べて、ぬいぐるみにまで嫉妬《しっと》してしまう自分の狭量さが情けなくなる。

だけど、珠はそんな自分の至らない部分も受け止めてくれる。

唯一にして絶対の存在だ。

「ありがとう、珠ちゃん……私も君が大好き。愛してるよ」

白銀の言葉に、幸せそうに微笑んで再び眠りに落ちていく珠を、夢の中まで追いかけたい。

自分を抱きしめてくれる珠の温もりを感じながら、白銀は満ち足りた幸せな気分で目を閉じた。

あとがき

初めまして。もしくはルチル文庫さんでは四度目のこんにちは。子供の頃に、猫又を見たことがある金坂です。

——実際は、しっぽが曲がった尾曲がり猫だったのでしょうが、夕暮れの墓地で見た奇妙なしっぽの黒猫というシチュエーションだったもので「猫又だー！」と大興奮してしまいました。

そんな風に、昔から妖怪やお化けが大好きだったので、猫又の話が書けて非情に嬉しかったです。

今回は担当さんから「『兎』『羊』『猫』『狐』などの、もふもふネタはどうですか？」とご提案をいただき、もふもふ大好きな金坂は狂喜乱舞。猫又と妖狐が動物園で恋に落ちる、ともふもふキャラてんこ盛りな話にしてみました。

猫の珠を書くのが楽しすぎて、初稿では一〇〇P以上も珠は猫の姿のまんま、という非常事態が発生。それはさすがにまずいでしょう、と担当さんから冷静なご指摘が入り、一時的にレイに人間の姿にしてもらうことで乗り切りました。

レイや園長や草壁も、もっともっと活躍させたかったのですが、ページ数の関係でカットしてしまって、設定も2割程度しか使えなくて残念でした……。

でも削った分、珠と白銀のラブラブなシーンが書けてよかったです。

お互いの気持ちをまったく隠さない、がっつり正面からの両思いを書くのは筆がのって、いつまでも原稿の直しをしたがる暴走金坂の前に立ちふさがり、深夜から休日まで付き合ってくださった担当さんには、頭が上がりません。

懲りずに、また次回もブレーキをかけていただけるとありがたいです。


挿絵を担当してくださったサマミヤアカザ先生も、お忙しい中、ラフからして素晴らしく完成度の高いイラストを毎回くださって、ありがとうございました。

ステンドグラスみたいに光が似合う、まさしく『溺愛』のタイトルにふさわしい素敵な表紙には大感激でした！

溺愛は、してる側もされている側もどちらも幸せ、という最高のシチュエーションですよね。

この本をお手にとってくださった方も、少しでも幸せを感じてくださったなら幸いです。

二〇一六年　四月　山吹の花輝く頃　金坂理衣子

✦初出　溺愛教育～銀狐は黒猫に夢中～……………………書き下ろし
溺愛同棲～銀狐は黒猫に求愛する～……………書き下ろし

金坂理衣子先生、サマミヤアカザ先生へのお便り、本作品に関するご意見、ご感想などは
〒151-0051 東京都渋谷区千駄ヶ谷 4-9-7
幻冬舎コミックス　ルチル文庫「溺愛教育～銀狐は黒猫に夢中～」係まで。

幻冬舎ルチル文庫

溺愛教育～銀狐は黒猫に夢中～

2016年5月20日　　第1刷発行

✦著者　金坂理衣子　かねさか りいこ

✦発行人　石原正康

✦発行元　株式会社 幻冬舎コミックス
〒151-0051 東京都渋谷区千駄ヶ谷 4-9-7
電話 03(5411)6431［編集］

✦発売元　株式会社 幻冬舎
〒151-0051 東京都渋谷区千駄ヶ谷 4-9-7
電話 03(5411)6222［営業］
振替 00120-8-767643

✦印刷・製本所　中央精版印刷株式会社

✦検印廃止

ISBN978-4-344-83728-7　C0193　Printed in Japan